文通天下

突 破 认 知 的 边 界

总有欢喜

［新加坡］

蔡澜 著

by
Lam Chua

光明日报出版社

目录 Contents

第二章
日子容易过

你怎么想是你的事，
这几天的确是这么过了。

2

原则上，难吃的东西吃得多了，就能看得出来。

4

第五章

老得快乐一点

要老，也得老得聪明一点；要老，就老得快乐一点，被骗也不要紧的。

第六章

什么都会，学无止境

对任何事都感到好奇，眼光就灵活起来。

第一章

向苦闷报复，一乐也。

活着真好玩

好玩

公寓生活

　　小时候过野孩子的日子，四处跑，溪中抓生仔鱼，草丛捕捉打架的蜘蛛，想象不出住在大厦公寓的儿童过什么生活。

　　偶尔跌伤，也不哭。父亲到花圃中找一种叫落地生根的植物，采些叶子舂碎后往伤口处烫，隔天痊愈。

　　住的附近长野樱桃树，是种热带植物，能生很小颗的果实，包裹无数的小种子。果实生的时候呈绿色，很硬，可以采下来，然后做杆木枪，用胶圈绑住，以果实当子弹，一枪飞出，邻居家的马来西亚儿童呱呱大叫。

　　熟的时候，野樱桃由粉红转成艳红，摘了放入嘴中，香甜无比，是最大的享受。

　　父亲说："这种树是印度传来的。"

　　"有人带到这儿种的吗？"我好奇。

　　"不，不。"父亲说，"鸟儿吃了，肠里还有些种子，就撒播了。"

　　长大后到印度，一直找野樱桃树，找不到，不知是父亲道听途说，还是我去过的地区不适宜种此种树，后来旅行到南部的马德拉斯，才看到漫山遍野的野樱桃。

厨房是我最喜欢的地方，想帮手，都被母亲和大姐赶了出来，只有奶妈在做菜的时候，才一样样教我。妈妈最拿手的是炸猪肉片、腌咸蟹、做粉果和芋泥，偷偷地学了几道，但后来也没做好。

家中还养了几只鸡，随地乱跑，到了晚上用一个竹织的笼子，把鸡盖在里面，以防黄鼠狼来咬死它们。客人一到，就杀鸡，奶妈抓了一只，把鸡颈反转，拔下细毛，就那么用力一锯，血喷了出来，看得大乐。

在澳洲做电视饮食节目，一刀斩下龙虾的头，一位港姐看完即刻哭了出来，才知道住在公寓的小孩，过的是怎么样的生活。

快乐的清道夫

社会一文明，白领阶层不值钱，出卖劳动力者的收入，比知识分子还要高。

通常，清道夫都是一群中年人，但是在西班牙，却是年轻人专有。

在路上，看到一辆垃圾车停下来，车上跳下了七八个青年，他们的口哨吹得极好，又大声。一面吹口哨一面狂舞，接着蹲下来把街边的垃圾拾起，后面的车跟来，大伙儿把废物扔在车里，再继续吹口哨向前跑。

而且，他们收拾垃圾多在晚上。

看到那群又吹又跳的大汉，实在开心，走过去和其中一个聊。

"喂，"他说，"你要跟我一块儿跑，我才能回答你的问题，不然，便要落伍了。"

"为什么要吹口哨？"我问。

"好听呀！"他拾起一个啤酒罐答道，"又可以向人们宣传不要随街扔垃圾。我们精力过剩，打这一份临时工，好过去迪斯科舞厅花钱，你说是不是？工作不忘娱乐，辛苦了还要唱歌，是我们的天性。"

采花大盗

木兰花盛开的季节又来临。

浓淡恰好，那股幽香令人难忘，是我最中意的花卉之一。

侯王道"张贵记"的大家姐知道我喜欢，送了我一盆。数着未开的花苞，那么小的一棵植物，至少有数十朵之多。

放在阳台上，每天勤快地浇水，它回报地按日微开三四朵给我，摘下放入衬衫的口袋，香一整天，比古龙水犹佳。

清晨散步，发现家附近也有一棵木兰，虽然没有香港大学门口的木兰树那么大，但花也开得像天上的星星之多。

没人采摘，花瓣如爪散开，便失去香味，落得满地，实在可惜。此树一半长在公寓的停车场，另一半伸出到街头。后者的低枝上，已不长花，前者则随手可拈，我决定趁没人看管进去偷之，做个名副其实的采花大盗。

忽然，冲出条黑狗，大吠几声，我见逃走也没用，便站直让它来咬。这条狗反而静了下来，在我的裤管上嗅了一下，我还以为它会提起后腿撒一泡尿，好在它闻后转头走开，再也不理我。

记得在南斯拉夫偷采苹果时的情景。当地人说只要自言自语地说三声"谢谢你",便采之无罪。照做,采了数朵。仔细观察,此树的花朵属于特大种,比家中的盆栽大一倍,味更浓郁。

台湾人勤劳,踩一脚踏车,车前放藤篮,把采到的木兰拿来贩卖,为什么我们不照做呢?香港的木兰巨树甚多,付些本钱给大树主人,采个千朵,用条很细的铁线将三四朵穿起来,上面打一个圈,刚好可以挂在胸前的纽扣上,每串卖个五块钱,亦为可观数字。说什么也比绞尽脑汁好,决定改行,学顽童爬树摘之,大盗变为正业,卖花去也。

上课

享受姜花的香味，已到尾声，秋天一到，它就消失了。

我对姜花的迷恋，从抵达香港那一刻开始，那阵令人陶醉的味道，是我们这些南洋的孩子没有闻过的。

这里的人身在福中不知福，一年四季有花朵和食物的变化，人生多姿多彩，哪像热带从头到尾都是同一温度，那么单调。

姜花总是一卡车一卡车运来，停在街边，就那么贩卖。扎成一束束，每束十枝，连茎带叶，甚为壮观。

一般空运来的花，都尽量减少重量，剪得极短，姜花则留下一根很长的茎，长度有如向日葵的，插入又深又大的玻璃花瓶中，很有气派，绝非玫瑰能比。

花贩很细心，在花茎的尾部东南西北贯穿地割了两刀，这么一来，吸水较易。

花呈子弹形，尖尖长长，在未开的时候。

下面有个花萼，绿叶左右捆着，有如少女的辫子。一个花托之中，大概有六到九朵尖花，这时一点都不香。

插了一两个晚上，尖形的花打开，有四片很薄的白花，其中一瓣争不过兄弟姐妹，萎缩成细细的一条，不仔细看是觉察不到的。

花瓣中间有花蕊，带着黄色的花粉，整朵花发出微弱的香味，但是那么多朵一起开着，满房子都被它们的芬芳熏满了。

在把茎削开时，花贩也会把花托中间那一朵拔掉，他们说这么一来其他的花才会开得快。不知道是什么道理，总之是祖先传下来的智慧，错不了。有时，买了一束插上，花开得很慢，像我这次只在澳门过一个晚上，早上买的，如果当晚不开，就白费功夫。花贩教我，拿回去后浸一浸水，就能即开。照做，果然如此，又上了一课。

人生要学的，太多。

石栗随想

石栗已开花，尖沙咀东部一带的树，会有一块小牌子钉在树干上，除了拉丁学名之外，石栗更有一个普通的英文学名，叫"Candle Nuts"。

据说此树结的果，就是南洋人捣碎了用来煮咖喱的那种。我从来没有看过石栗结果，不过称得上"栗"，一定有果实吧！

夏天来临之前，石栗树顶开满似叶非叶，像花又不是花的东西，从低处望去，有如中年人的华发，由高楼俯观，更是全白一片。

每年一度，必见石栗花，要是它不开时，平平无奇；长满了花，整条界限街结了彩一般，非常壮观。花开维持三四个星期，落了有如樱花飘零，地上铺了一层雪，更是美丽。

是什么人在树干上钉了名字？市政局吗？没情趣的人会认为多此一举，浪费公款，但是如果了解了香港每一种树的树名，那不更像是多交了几位好友？

　　任何自然现象，都能成为研究的对象，学习之中，得知前人已做了这项工作，并有著作，那么就可以和这位仁兄沟通学习，也许自己发觉的细节，比他更清楚。如果他还在人世的话，一定欣赏我们的努力。

　　树之外，香港的鱼类、云朵、楼宇、小鸟，等等，都是学问，我们何必感叹知己太少呢？

　　要是人类生长的过程像树一样，那又有多好！别等到老才后悔。与植物共同在一年之中发芽、长叶、开花、跌落、枯去，经历了一生，明年又来过，便不那么愚笨了！

　　伴侣好好去照顾，时光好好去珍惜，人生必定丰满。一年又一年长成，树干一年比一年粗壮。长根长入地球的土壤里，所长叶子数万片，每一叶都供应水分——它们长大后死去，死去后又长大。

　　石栗树教我们的东西，实在太多。

活着

"你做那么多事，一定从早忙到晚！"认识我的人那么说。

也不一定，我有空闲的时候，有时一天什么事都不做。慢慢梳洗、读报、看小说，饿了煮个公仔面吃吃。逍逍遥遥。

香港人忙来干什么？忙来把时间储蓄，灵活运用，赠送给远方来访的友人。

返港后，刚好遇到好友路过，我陪他一整天。反正现在有手提电话，急事交代几句，轻松得很，没什么压力。

通常都会睡得迟一点，可惜这条劳碌命不让我这么做，五点多六点就起，到阳台看看，今天又长了多少朵白兰花。

散步到菜市场，遇相熟友人，上三楼去吃牛腩捞面之前，先斩些叉烧肉，吃不完打包回家，中午炒饭，又派上用场。

应该做的零星事，像把眼镜框修理好，手表的弹簧带断了，快去换一条新的。头发是否要剪？脚指甲到时候修了吧？

趁今天多写点稿！这么一想，所谓的悠闲日便完全破坏了。心算一下，这份报纸还有多少篇未发表？那本周刊有几多存货？可免则免，宁愿其他日子挨通宵，也不想在今天做。

是替家父上上香的时候了，将小佛坛的灰尘打扫干净，合十又合十。

是打个电话去慰问家母的时候了，啊！啊！没事吗？没事最好！燕窝吃完了吗？下次带去。今天是赶不及探访了。

篆刻书法荒废已久，再练一练吧？把纸墨拿了出来时，改变主意，还是继续画领带好。一条又一条，十几条之中，满意的只有一二，也足够了，明天上班系上。

"你还要上班吗？"友人问。

不上班，怎么知道礼拜天可贵？不偶尔偷懒一下，活着干什么？

报复

在这些苦闷的日子里，最好做些花工夫的事，到菜市场去买几个青柠檬，把底部削去一截，让它们可以站稳，再切头，用银茶匙挖空，肉弃之。

然后在厨房找一个不再用的小锅，把白色的大蜡烛切半，取出芯来，蜡烛扔进锅中加火熔化，一手拉住芯放在青柠檬里，一手抓住锅柄把蜡倒进去。

冷却，大功告成。点起来发出一阵阵的天然柠檬味，绝对不是油薰香精可比。

同样的道理，买了几个红色的小南瓜，口切得大一点，去掉四分之一左右，瓜子挖出，瓜肉拿去和小排骨一起熬汤，熬个个把小时，南瓜完全融掉，本身很甜，加点盐即可，味精无用，装进南瓜壳中上菜，又漂亮又好喝。

橙冻也好玩。美国橙大多数很酸，买普通橙子或泰国绿橙好了，它们最甜，切头，挖肉备用，另几个挤汁，加热后放鱼胶粉。现买的 jelly 粉（布丁粉）难于控制，其中香料和糖精味道也不自然，还是避之为妙，鱼胶粉不影响橙味，倒入橙壳，再把橙肉切丁加进去，增加咬嚼的口感，冻个半小时即成。

天气热，胃口不好，还是吃点辣的东西，把剩余的鱼胶粉溶解备用。将泰国小指天辣椒舂碎挤汁，加酱油或鱼露，混入鱼胶粉中，冷却后再切成很小很小的方块，铺在猪扒或其他食物上，又是一道美味的菜。

炖蛋最过瘾了，用日本人的菜碗蒸方法炮制，食材净找些小的，浸过的小虾米、小条白饭鱼，半晒干的那种，金华火腿选当鱼翅配料的部分，切成小丁。鸡蛋仔细地用匙子敲碎顶部，留蛋壳当容器，打蛋后和其他材料混合，再倒回蛋壳中，最后把吃西瓜盅用的夜香花铺在上面，隔水炖个五分钟即成。

向苦闷报复，一乐也。

买菜的艺术

广东道和奶路臣街之间的旺角市集是我最喜欢去的一个菜市场。

不要误会，我指的并不是政府建的那个菜市场，而是街上的和路旁的小店铺及摊档。第一，它有个性，摆到道路中央，警察每天来抓，等他们走后，小贩摆满货物，大做其生意。

买菜，是一种艺术，和烹饪是呼应的。好厨子不规定今晚要炒些什么，看当天有什么新鲜或新奇的食材，就弄什么菜。

当然，无可选择的酒楼师傅又另当别论。而且，菜色一商业化，就失去了私人的格调和热爱，也是极可悲之事。

怎么样能买到好食材呢？以什么水平评定它的优劣？

这都要靠经验和爱好，没得教。

像一个门店的学徒，他不是一生下来就会鉴定一件东西的好坏和价值，必要多看、多吃亏，最后才能成为高手。

到菜市场去逛一圈，就像去了字画铺，像进一个古董拍卖场，必须从容不迫，悠闲选择。

最贵的食材并不一定是最好的。比方说猪肉吧，猪排、梅肉条等部位价高，但是一头猪最好吃的部位包围在肺部外层，俗称"猪肺捆"。它的肉纤维短而幼细，又略带肥肉和软骨，味浓而香，是上上肉，也是价钱最低微的肉。炒、红烧等皆可，滚汤更是一流。

煮完捞出来切片，蘸浓酱油和大蒜蓉，美味无比，试试就知。如遇新鲜者，择而购之，肉贩都会称赞你。

在市场游荡之间，忽然，你的眼睛一亮，因为你看到一种新鲜得发光的食材，你的脑中即刻盘算要以什么菜去陪衬它后，便要狠狠下手去买，贵一点也不成问题。

菜市场的菜，贵极有限，少打一场麻将，少输几场马，少买几张彩票，已经足够你买任何一样东西。

逛菜市场是最享受的时候，有如追求女人。等到下手去买，便等于上了床。

酒诗茶诗

好酒之人当然喜爱喝酒之诗词，但也要不太难懂为上选。

白居易诗："当歌聊自放，对酒交相劝。为我尽一杯，与君发三愿。一愿世清平，二愿身强健。三愿临老头，数与君相见。"

稼轩词："一醉何妨玉壶倒。从今康健，不用灵丹仙草。更看一百岁，人难老。"

李东阳诗较涩："梦断高阳旧酒徒，坐惊神语落虚无。若教对饮应差胜，纵使微醺不用扶。往事分明成一笑，远情珍重得双壶。次公亦是醒狂客，幸未粗豪比灌夫。"

陆龟蒙的香艳："几年无事傍江湖，醉倒黄公旧酒垆。觉后不知明月上，满身花影倩人扶。"

陈继儒写景："群峰盘尽吐平沙，修竹桥边见酒家。醉后日斜扶上马，丹枫一路似桃花。"

李白最浅白："两人对酌山花开，一杯一杯复一杯。我醉欲眠卿且去，明朝有意抱琴来。"

最壮烈的酒对子是洪深作的："大胆文章拼命酒，坎坷生涯断肠诗。"

好酒诗词，必配上好茶诗词，才完美。

白居易有："坐酌泠泠水，看煎瑟瑟尘。无由持一碗，寄与爱茶人。"

杜耒有："寒夜客来茶当酒，竹炉汤沸火初红。寻常一样窗前月，才有梅花便不同。"

苏轼的《望江南》："休对故人思故国，且将新火试新茶。诗酒趁年华。"

茶的好对联有："青山个个伸头看，看我庵中吃苦茶。"

将酒和茶糅合得最好的是苏东坡："宛如银河下九天，钢斧劈开山骨髓，轻钩钓出老龙涎，烹茶可供西天佛，把酒能邀北海仙。"

还有长联曰："为名忙为利忙忙里偷闲喝杯茶去，劳心苦劳力苦苦中作乐拿壶酒来。"

恍惚

半夜三点起床，赶稿。

总是迷迷糊糊。趁这段时间，做些不用脑子的事。

日前在外地旅行，我将一件件穿过的衣服叠整齐，放入酒店里的塑料洗衣袋，再装进行李中。当今环保，有些旅馆只供应布制袋子，旅行网袋就派上用场。

皮箱中的那几个网袋很精巧，长方形，四面皆有拉链，大小如同一件叠着的衬衫，烫完衣服装进去，不会有皱纹。有些袋子可装两件，有些可装三件，很管用。可在 Tokyu Hands（日本东急百货）买到，价钱不贵。

沏一壶茶，普洱是自己带来的。也准备了一个茶盅，用啪啪响的塑料纸包着，再装入硬纸盒，才不会撞碎。

回到书桌前，发呆，一个字也写不出来。

想起上海霞飞路上的一家咖啡店，门口写着"可以来店里聊天、阅读和发呆"的字句。好一个发呆，笑了出来。

放了一浴缸的热水，将些温泉冲剂倒入，浸个舒舒服服的澡，以为这下子连头脑也洗净，可以下笔了吧，但还是一片空白。

这家酒店住熟了，经理总会送上些水果，吃一点通肠胃吧。篮子里装的老是些苹果和橙子，引不起兴趣，香蕉更是我讨厌的。有时事忙，没吃晚餐，到这个时候可以泡一盒杯面，但肚子一饱，只想睡，不是办法。

干脆把鞋子擦个光亮。看表，已是四点，即刻有了灵感，可以写些东西了。

记得和黄霑与倪匡兄做《今夜不设防》时，三个人一下子喝完一瓶白兰地，一个小时的节目，要录两个小时。前一个小时是浪费了，因为还没有醉，只用了最后一个小时，醉后才精彩。现在起身，要花同样的一个小时才能清醒。人生，真讽刺。

风铃

天气冷的时候，就想起夏天。

代表暑日的是风铃。

风铃由中国人发明，日本人更喜欢这个闲情的玩意儿。就算狭小的住处，总要在屋檐下挂上一个。

辞书上，风铃出自风铎。铎者，大铃之意。风铎多数是挂在寺庙外。一休和尚在他写的《狂云集》里有首以风铃为题的诗，描述老和尚在午睡，被风铃吵醒。

十八世纪的文物中也曾记载小贩们在担架上缚着风铃叫卖面食的场景，这种面食被称为"风铃面"。可见风铃是平民的玩物，并非一般士大夫专有。

印象极深的，黑泽明利用风铃表现人物心中的杂乱。在《红胡子》里，镜头推到一摊风铃档，几百个风铃一起响声大作，震撼力极强。

风铃的形态很多，最普通的是铜钟，里面的铁片挂着一个长方形纸条，纸条上用毛笔写上俳句，我喜爱的一首是："她，是不是一个住在风铃里的女人。"

核桃夹子

欧洲的餐厅多在花园或后院设有露天茶座，让客人享受大自然。当核桃成熟时，一颗颗掉下，有时跌入汤中，溅了一身汤水。

掉下的核桃就那么吃，很新鲜美味，最不容易的是打开它的壳。一般是用一把像吃大闸蟹时用的铁钳开壳，但核桃圆滚滚，不会乖乖就范，还没剥开，已把手指夹肿。

核桃夹子的设计众多，也有像烟斗的，在凹下去的那个部分放核桃，用伸出来那个东西来转，把核壳压碎。

另外有个像发钳，把核桃放入，抓左右两手柄夹，可惜那个装核桃的部分做得太小，核桃大一点就派不上用场了。

我看了多个核桃夹子，最后决定买SYN公司的产品，由Giorgio Gurioli（乔治·古力奥）和Francesco Scansetti（弗朗西斯科·斯坎塞蒂）这两位意大利人设计，样子像支羽毛笔插在笔座上，笔座是放核桃进去的地方，羽毛笔管是把手。装上核桃，把把手向下一压，壳即裂，又好用又是件艺术品。

通常欧洲人用的夹子，是他们的一双手。把两颗核桃放进掌中，大力一夹，核桃互撞，壳就裂开，但是轮到自己试，就没那么顺利。

认识一位女士，介绍时握手，被她弄痛，问她力度为什么那么大。

"哦，"她说，"我来自一个穷苦的家庭，有五个姐妹，父母失业，我们在家剥核桃仁为生。爸妈教我们唱一首歌，我们一面剥一面唱，听到哪一个没出声，一定是肚子饿偷吃核桃，爸妈就用棒子打我们的头。"

我在欧洲旅馆中吃核桃，打不开就会到洗手间用门缝去夹，这是父母亲教的方法。

那天和朋友在树下进餐，各个用手夹核桃。我打开餐巾，把五个核桃放进去，抓餐巾的四角，往地上大力一摔，"趵趵"地一响，五颗皆碎，看得欧洲友人叹为观止。

古董买卖

和一位美女古董鉴赏家聊天。

"我家里祖传的一件旧东西，要怎么处置？放在家里几十年了。"我问。

"要是假的，放一百年也没用。"她笑了。

"这我知道，但是有什么途径辨别一下？是不是一定要拿到拍卖行去？"

她娓娓道来："当然可以，但是你要知道，所有古董的买卖，拍卖行只占了十分之一不到，多数是行家和行家之间的交易。"

"要怎么样才能接触到行家呢？"

"所有的字画、玉器、瓷器、铜器等，都有一个小圈子，只要你认识其中一个人，由他介绍和推荐，就有行家可以帮你鉴赏。但是，一定要有特别的关系，这些人不会贸然替你看。学问，到底是值钱的。"

"你这么说，可就难了，什么人都不认识的话，也只有拍卖行了？"

"可以拿去试试看。"

"大拍卖行不知道我是谁，他们会见阿猫阿狗吗？"

"好的拍卖行不会错过任何可能成为交易的机会，有些甚至设有一个柜台，在办公时间替客人鉴赏。"

"这么说，拍卖行最可靠？"

"也不是，如果当天拍卖行的这个所谓的专家，是一个 jack of all trades（所谓全能）的，也不一定看得懂。你要知道，每一种艺术背后都有一些专业人才，他们花了一生去研究，才看得出作品的真假。"

"如果给他看中了，再下一步是什么？"

"他会替你拟定一份合同，说卖成了收多少比例的钱，你还得付保险费、包装费、拍照记录费及运费等，卖得成的话，由款项中扣除，卖不成你得付现金。"

"通常收多少钱（百分比）？为什么要收运费？"

"十到二十，看你怎么交涉。他们会建议某种东西适合在某地市场才卖得高，运费就发生了。"

"如果在拍卖行中卖不出去，可以拿到另一家试试看吗？"

"在我们行内的术语，这件东西已经'燃烧'（burned）了，很少有人会再去碰，这个圈子到底不大，大家都知道。"

"拍卖是你争我夺，我可不可以拿一件东西去，叫两个自己人去抢高价钱，然后再卖出去呢？"

"什么欺诈的行为都会发生，这一招是老到掉牙，能到拍卖行去的人都不是傻瓜，如果一件作品没有那种价值，是逃不过这群人的眼睛的。"

"但是，在拍卖行买到假货的例子也有呀。"

"不但有，而且经常发生。"

"那么可不可以告他们？"

"我们这些所谓的专家，都是从买到假货学起的。一般，都不出声，'咕'的一声吞下去，当作交学费。如果要证明是假的，也要有公认的专家肯替你出头，拍卖行才会赔偿给你。不过，和你签的合同上有很多行小字，都是保护他们自己的，要告人，没那么容易。"

"你刚才说还有十分之九的买卖是靠专家，那么专家们会不会到拍卖行去参加拍卖呢？"

"东西一经拍卖行，一定先把价钱提高了。不过，专家们也会去拍卖行的，因为他们不会放过买到好东西的机会，虽然他们很少出手。"

"在古董商店能不能找到好东西呢？"

"机会不多，但有这种可能，而且价钱乍看之下很贵，不过不会贵过拍卖行。"

"那么行家和行家之间的交易又是怎么样的呢？他们怎么把东西卖出去？"

"要成为行家，一定要从另一个行家那儿学习，在学习的过程中认识其他行家，做人诚实，才会被大家接受。这一行圈子很小，互相介绍好东西。他们也会在各个重要的艺术展览会中陈设一个展示厅，爱好者自然集聚。"

"旧的卖光了，新货呢？"

"成为专家后，对收藏品是很热爱的，如果他们放出，是货源的一种。有些是普通人家卖出的，像有些好古董流散出来，要是打听到有一两件，马上就乘飞机去看了。"

"会不会白跑一趟呢？"

"之前会有资料参考的，值得去才去。当然，初入行的时候会走很多冤枉路。"

"怎么成为专家？成为专家，要花多少年？"

"像当铺的学徒一样，从'眼光'学起，看多了，失败多了，才学会。这一浸淫，至少要二三十年的时间吧？最重要的是，自己有一分热诚，对这些东西有无穷的爱好才能坚持下去。你问了那么多，你有很多收藏要卖吗？"

"呸呸呸，收藏了，还要拿出来卖，倒祖宗十八代的霉了。"我说。

她又笑了："你不是在骂我吧？其实，买了卖，卖了买，愈来愈精，那种乐趣，也不是一般人能够享受到的。"

谈裱画

要是居住空间的楼顶高的话，挂一两幅中国字画，是件非常清雅的事。

"条幅"，又叫"中堂"。最普通的是，单独地悬于墙上，内容可能是山水花卉，或是一首诗词，接着是两幅长条"对联"，或是横着，写上什么什么斋的"横批"。

向人家要了一幅字画，欢天喜地地拿去裱，一不小心遇到一个俗气的师傅，就会把整张字画的构图破坏掉了。所以装裱本身，已是一门很深奥的艺术。

古时候的藏家常有一位裱画的朋友，请他在家中工作。常人以为这是怕字画被人换成赝品，其实字画看得多的人心胸已经豁达，不会往坏处想，他们只是惜画如命，不舍得离开它们罢了。

还有一个荒谬的传闻，是裱画人会将字画的底层剥去，一卖二，但是事实上这是不可能的。即使画家用的纸是双层的夹宣，拆出的第二层和原画也绝对不同。

获得字画，就算不装裱的话，至少也要"拖底"，又称"裱背"，那是把另一层或数层纸用糨糊贴在字画的背面，要不然原作便容易损坏。字画一经裱过，神采飞扬，跃然生动，收锦上添花之效。古人说："装潢者，书画之司命也。"

为了怕尘埃，现代人常把书画入镜，有些人还用了会反光的玻璃。这是我很反对的，觉得字画一入镜，便像把奇珍异兽关入笼子，很残忍。

字画应该挂着来看才有生命，好的作品，每次看都看出新东西来，次者观久了必然生厌，淘汰去也。

数年前得弘一法师的四幅画，画着三个不知名的和尚和一个拾得。李叔同的字已难得，画更稀少。珍之，珍之。但怎么装裱呢？大费脑筋。结果找到"湛然轩"的冯一峰，和他商量后裱成各自独立，但拼在一起又成一幅的四条屏，在第二、第三幅上各加一条"惊燕"，构图完美。

惊燕是由画的天杆上挂下来的两条绢条，凡人看了以为是日本式。这东西源自中国，绝非东洋货。它随风飘逸，增加了画本身的动态，是我喜爱的。

请冯一峰为我裱画的好处是这位仁兄对传统的装潢已下过功夫，可以再跳出来独创一格地裱画。先师冯康侯赠我一对对联："发上等愿结中等缘享下等福，择高处坐就平处立向宽处行。"

当年，我不知道怎么裱，冯老师说："何必拘泥？有时把对联裱在一起，成一幅中堂也行呀！"

经老人家一语道破，我裱画有时也不依传统，冯一峰的裱装，甚合我意。

比方说，传统上字画的边多用黄色的锦绢来裱，我要求用宝蓝色，大家都说："呀！这是死人颜色，怎么可以裱画？"但我一意孤行，裱出来以后衬着浅黄的墙，不同就是不同，很有味道。

冯一峰有理论更深一层，他说："怎么不能？有时我还用西装料子来裱呢！"

思想一奔放，麻、呢、绒等布料，只要不是太厚，都能裱画。冯一峰家里是做纺织业的，学了裱画之后他很努力地去研究布料的质地，依纤维的组织，大胆地用各种布料装潢，自然生趣。

可惜，为我裱过的那四幅弘一法师的作品，我并不满意。原因是它们往外翘。当然，这与香港潮湿的天气有关，但自古以来，中国字画的装潢，都有这种毛病。有时，我只好请师傅把字画裱成往内曲，这总比向外翘好得多。

冯一峰知道了之后把画拿回去重裱，近来他得到了思达集团的赞助，经多年研究之后以科学方法结合传统经验，制成一种叫"善灵液"的辅助液，随天气的变化，也能将字画的曲度保持在正负一厘米之内。

重裱过的四幅现在悬挂在我办公室墙上，不必用渔线箍住，也平直得赏心悦目。

有时得一古画，已发霉，遭水渍、虫蛀，裱绢又裂破和翘曲，这种情形之下多数拿去重裱，拿回来时焕然一新，格格不入，甚为心痛。用回原来的丝绢装过，兼清洗裱件的灰黄，照原样修复也是冯一峰的看家本领。

字画下面，我爱看"轴杆"者。所谓"轴杆"就是末端的那根横木，有人喜用象牙，这不环保。而用牛角，古人说会生虫，冯一峰发现这种例子倒是少有的。也有人用酸枝或紫檀，我认为最好是用檀香木，至少可以防蛀虫。发起疯来向冯一峰建议："不如用塑胶筒，里面装防潮珠，岂不更妙？"他听了笑着说方法可行。

冯一峰送过我他写的一幅字，裱工精彩绝伦，但是我嫌有点喧宾夺主，这可能是因为他还年轻吧。冯君不到四十，等他心境如水时，或有另一境界。

裱画有时可以以清一色的一幅锦绢装潢，用的是裱扇面的"挖嵌"法，粤人称之为"挖斗"，即是把画心裱入锦绢之内，这也很大方得体的。

有趣的是，古人裱画，有时用的材料竟然是粽子。把粽肉擂烂后加豆粉和石灰，粘起来不易拆开，但是依冯一峰，裱画不能太过坚固，否则今后要重裱，便成死物，这也是有道理的。

冯一峰说："最滑稽的是有人还以为墨一遇到水就溶化了，在一部电影中男主角那封重要的信，竟然被雨水淋得面目全非。裱画的基本就是浸水和上浆，如果墨遇水即溶，那我们这行就不必干了。"

大业郑

　　很多读书人的梦想，就是开一家书店。香港的租金贵，书店一间间倒闭，开书店实在不易，开一家专卖艺术书籍的，那就更难了。

　　我们向冯康侯老师学书法时，常去的一家书店叫"大业"，开业至今已有四十多年，老板叫张应流，我们都叫他"大业张"。

　　店开在士丹利街，离陆羽茶室几步路，饮完茶就上去找书。什么都有，凡是关于艺术的，绘画、书法、篆刻、陶瓷、铜器、玉器、家具、赏石、漆器、茶道，等等，只要你想得到，就能在"大业"找到。全盛时期，还开到香港博物馆等地有好几家呢。

　　喜欢书法的人，一定得读帖。普通书店中卖的是粗糙的印刷物，翻印又翻印，字迹已模糊，只能看出形状，一深入研究就不满足。原作藏于博物馆，岂能天天欣赏？后来发现"大业"也进口二玄社的版本，大喜，价虽高，但看到心爱的必买。

二玄社出的也是印刷品，但用最新大型摄影机复制，印刷出来与真品一模一样。这样一来，我们能看到书法家的用笔从哪里开始、哪里收尾、哪里重叠，一笔一画，看得清清楚楚，又能每日摩挲，大叫过瘾。

大业张每天在陆羽茶室三楼六十五号台饮茶，遇到左丁山，从左丁山那里传出大业张年事已高，有意易手的消息，听了不禁唏嘘。那么冷门的艺术书籍，还有人买吗？还有人肯传承吗？一连串的问题。知道前程暗淡，有如听到老朋友从医院进进出出。

忽然一片光明，原来"大业"出现了"白马王子"，是当今写人物报道坐第一把交椅的才女郑天仪。

记得苏美璐来香港开画展时，公关公司邀请众多记者采访，而写得最好的一篇报道，就是天仪的手笔，各位比较一下就知我没说错。如果有兴趣，可以上她的社交媒体查看，众多人物在她的笔下栩栩如生，实在写得好。

说起缘分，的确是有的，天仪从小爱艺术，这方面的书籍一看即沉迷，时常到香港博物馆的"大业"徘徊。难得的艺术书必用玻璃纸封住，天仪一本本拆来看，常被大业张斥骂，几乎要把她赶走。

后来熟了，反而成为老师小友，大业张有事她也来帮忙，有如书店的经理。

当左丁山的专栏刊出后，天仪才知道老先生有出让之意，茶聚中问价钱。大业张出的价钱当然不是天仪可以出到的，因为除了书店中摆的，货仓更有数不尽的存货，一下全部转让，数目不少。

当晚回家后，天仪与先生马召其商量。马召其是一位篆刻家，特色在于任何材料都刻，玻璃杯的杯底、玉石、象牙、铜铁等，都能入印。从前篆刻界有一位老先生叫唐积圣，任职报馆，是一位刻玉和刻象牙的高手，也是什么材料都刻。唐先生逝世后，剩下的专才也只有马召其了。

先生听完，当然赞成。天仪也不必在财务上麻烦他，找到一位志同道合的朋友，各出一半，就那么一二三地把"大业"买了下来。

成交之后，大业张还问天仪："你为什么不还价的？"天仪只知不能向艺术家讨价还价，大业张是国学大师陈湛铨的高足，又整天在艺术界浸淫，当然也是个艺术家了，但没有把可以还价的事告诉她。

"接下来怎么办？"我问天仪。

"走一步学一步。"她淡然地说，"开书店的梦想已经达到，而且是那么特别的一家。缺点是从前天下四处去，写写人物，写写风景，逍遥自在的日子已是不可多得了。"

那天也在她店里喝茶的大业张说："从日本进货呀，到神保町艺术古籍店走走，也算是一边旅游，一边做生意呀。"

大业张非常热心地从口袋中拿出一本小册子，里面仔细又工整地记录着各种联络方式，他全部告诉了天仪。等他离开后，我问了天仪一些私人事。

"你先生是宁波人，怎么结上缘的？"

"当年他长居广州，有一次来香港，朋友介绍，对他的印象并不深，后来也在集会上见了几次。有一回我到北京做采访，忽然病了，那时和他在社交网络上有来往，他听说了，说要从广州来看我，问我住哪里。我半开玩笑地说：'没有固定地址，你可以来天安门广场相见。'后来我人精神了，到了广场，看见他已经在那里站了一天，就……"

真像亦舒小说中的情节。

当今要找天仪可以到店里走走，如果你也是"大业"迷，从前在那里买的书，现在不想看了，可以拿回来卖给他们。

很容易认出天仪，手指上戴着用白玉刻着名字的大戒指，出自先生手笔的，就是她了。今后，书店的老板将由大业张改为大业郑了。

木头

记者到成龙兄的办公室，看见很多紫檀家私，觉得惊讶，询问之下，成龙说蔡澜是老师，教他收集。

对所有事物的认识，我只是一知半解，我向他说过："不过半桶水也，若称师，亦半个。"从此成龙兄叫我半个师父。

中国家具体现出浓郁的书卷气，尤其是明式的，更是简洁，隽永大方。所用木材不止于紫檀，还有花梨和酸枝。最重要的是，样子不俗气，才算是好东西。

紫檀又称紫榆，为常绿乔木，生长期可达三百年，高有三米以上，树干三十厘米直径罕见，做成家具，是极品。

生长于热带、印度群岛等地。印度紫檀会发出芬芳的气味，但花期短暂，故有一日之花的称呼，将木材剖开，会流出紫色液体。

横切紫檀，发现年轮极为细密难辨；纵剖紫檀，有牛毛状细纹。初期呈紫红色，时间一久，颜色渐转深沉，直到通体乌黑。

　　一般家具店的老板会教你辨别紫檀真伪的方法，那就是拿一团棉花，沾了酒精，在桌椅底部擦一擦，棉花变为紫色，就是真的。

　　这也能做假，紫檀家私只有底部那一块是真的。和当店的学徒一样，师傅教的，只是拿好东西来做比较。看得越多，受骗越多，那么自然而然，眼光就变尖锐了。

　　紫檀非常值钱，清末民初识货的欧洲人士，来到中国见到大量紫檀家具，都搬了回去，当今的明式桌椅，反而能在外国找到。如果收藏次货，不如到中外的博物馆学习欣赏。

　　爱上木头，发现天下树木数之不清，木纹漂亮的很多。有本参考资料由 Taschen（塔森出版社）出版，叫 *The Wood Book*（《木之书》），装在一个木箱中出售，是一本难得的书。

联想

有些商标出了名，就成为该商品的代号，我们一听到"立顿"便想起黄色茶包；"济众水"便是止泻药。

更厉害的，商标变成了专有词，像在印尼拍照片，就叫"柯达"。

韩国人喝酒，只爱土炮，后来自己也有自己的孖蒸，就是没有日本清酒。最早进口的清酒牌子叫"菊正宗"，把"菊"字省去，叫"正宗"，就代表了日本清酒了。

年轻人之间，Levi's（李维斯）就等于牛仔裤。

老一辈的人用 Henna（黑娜），等于染发剂，当今和年轻人谈起同一个"Henna"（印度海娜手绘），又变成了一种暂时性的文身了。

"露华浓"出产很多化妆品，但没人记得，它是一家最早推出洗指甲油的公司，所以一说"露华浓"，就指洗指甲油。

我们听到"老人牌"，便知道是说麦片，"Kellogg's"（家乐氏）则是粟米片。

联想是一件有趣的事，并不一定是商标，固有的名词也启发了形象。阳光代表了开朗和健康。月亮并不一定像邓丽君所说代表了她的心，小孩子总想起月饼。

牡丹花是富贵，落叶是悲哀。

用黄金做的马桶盖，是暴发户。

字画则是风雅；股票是投机；房地产从前是财产，当今是负资产。

二十世纪六十年代，一提起香港，外国人即联想到人造花；

二十世纪七十年代是购物天堂、美食天堂。

二十世纪八十年代是贵、贵、贵。

二十世纪九十年代是回归。

别人怎么联想香港，是别人的事。我们住在这儿的，每天日子还是要过，香港代表的，仍然是头脑灵活、生存力强。这个联想，永存心中，什么都不怕。

夜光钟表

时间，对于我来讲，是人生最重要的事，也很少有人像我这样不停地看钟看表。一生之中最多迟到两三次，约了我我却没出现，对方一定很倒霉。准时，是家父教我的美德，遵守至今。

在钟表上花的钱无数，这种工具是我最不惜工本的，见到就买。

半夜起身，不知道几点钟最烦了。我一直在追求完美的夜光钟表。

一切所谓荧光，除了有辐射之外，都是骗人的，说什么让日光一晒就可以亮个数小时，绝对没有这一回事。起身一看还是黑漆漆的，只有开灯。如果开灯就不算夜光了。

美国欧西亚（Oregon Scientific）卖的投射钟Geo，荧光可以放映在天花板上，算是最接近的一个，但构造单薄，又不按不亮，黑夜中要找到这个钟已经很困难，不如开灯算了。

世界名厂的表，荧光涂得又厚又大。花巨款买了一个，结果半夜要用手握成一个圈，埋眼去偷窥才勉强看到时刻。身边的人见到这种怪动作，以为我是疯子。

最后，在一家百货公司中看到了一个，是用一个五十火的Halogen（卤钨）灯胆照着三角反光玻璃把荧光投射上去的，钟的形象完善，看得一清二楚，灯可以一直开，坏了换灯泡罢了。

决定买下，问价钱，四千多。英国制造的一般家庭商品，绝不会定这种价钱，看匣子上有个网址，上网去问，才卖两千，在网上邮购又帮我省了不少钱。

至于表，买到一个"波尔"牌的，用的是最新的3H光源技术，通过激光产生独特光源，具能量的微型气灯无须电池或外部光源亦能自行发光，比传统的荧光亮一百倍，又说能使用长达二十五年。在我看来，十年也足够。

夜光钟表的追寻，达到圆满的终点。

写经历程

你心烦吗?

吃药没有用,看心理医生更烦。最好的解决方法,莫过于临摹《心经》。

什么?用毛笔?我已经几十年没抓过了。你说。

用什么笔都好,只要坐下来写就行,但是尽可能用毛笔,就算你已生疏了很久,也不要紧。日本有种写经纸,让你铺在《心经》的原文上面,你只要抓着毛笔,一笔一笔临摹好了。

写多了,就可以把原文丢掉,用自己的字体去抄。

至于毛笔怎么抓,当今已有一套理论,推翻了从前老师的死教条,你要怎么抓就怎么抓,随你便,没有规定的姿势,你自己觉得舒服就是,这么一说,放心了许多吧?《心经》的真髓在于"心",先放下。

如果你已经克服了抓毛笔的心理障碍,但又不想照日本人的方法去临摹,试试我近来写经的过程吧。

第一,要照什么人写的来写呢?当然是我们最敬仰的高僧弘一法师的书法了。有些人也许认为他的字造作，故意写成叫什么"和尚字"的，但我并不认为如此。弘一法师未出家之前临摹魏碑，功底很深，又学过宋人黄庭坚的字，写出来的更是潇洒。当了和尚之后选择的字体，只不过是像他学佛一样严谨，一笔一画都恭恭敬敬，这是他一丝不苟地写出来的成果。

所以要临摹《心经》，最好是用弘一法师的字去练。

但是弘一法师写过的《心经》原稿不知在何方，复制的印刷品中，字体很小，看不出用笔，只得一个形罢了，但照此临摹之，亦无妨。

我较苛刻，从弘一法师写过的各种大字经文，和一些嘉言集联中，一个字一个字影印出来放大或缩小，集字贴在一张纸上，整个过程令我想起集王羲之的《圣教序》。

好了，弘一法师写的《心经》，每行十个字，一共有二十六行，加上《般若波罗密多心经》的题目，是二十七行。

临摹弘一法师《心经》，我起初计算每行字数，以及有多少行，然后再用红笔画格子，过程甚为繁复，未书《心经》之前，已气馁。

有一天，到上环的"文联庄"去，看到有一张给人铺在纸下面的薄棉被，竟然印"写经用"三个字。原来格子已被打好，每行十格，一共有三十七行，让书经者在前后有空位题字或书经日期，以及回向给谁，等等。我只要用一张普通大小的宣纸，将它折半，切开，铺在这张画了格子的被单上，就能即刻临摹了。

《心经》版本，很多人都将最基本的"般若波罗密多"中的"密"字，写为"蜜"。一看字形，联想至"虫"，或者"糖"来，对原文甚为不敬。既然这只是梵语的音译，为什么不作"密"呢？有神秘、保密的字义，是更贴切的，非常同意弘一法师的用法。

也有人批评弘一法师所写的《心经》，在字体上没有什么变化。临摹多了才知道每一个同样的字都各异。但是，这已是小节，变化与否，不要紧。有变化亦可，无变化亦可。最能解释得清楚的，莫过于弘一法师自己说的："朽人写字时，于常人所注意之字画、笔法、笔力、种类，乃至某碑、某帖之源，皆一致摒除，决不用心揣摩，故朽人所写之字，应作一张图案视之，即可矣。"

我们在还没有功力将书法写成一幅图案之前，先不必管重复不重复，尽量去临摹即行，如果再那么用心良苦，又是心烦的问题了。

一放开，临摹弘一法师的书法也行，临摹日本老和尚的字也行。篆、隶、草、行、楷，都不要紧了。

当然，在中国书法家的《心经》中，我们还是可以学到许多字体上的变化。《集字圣教序》后面，怀仁和尚同时集了王羲之写的《心经》行书，也是十分珍贵，非常值得临摹的作品。

于贞观九年（635年）再将书法家欧阳询的字集起来刻成的楷书《心经》，也是典范。

清末刘墉的行书《心经》写得随意，邓石如写的篆书《心经》，也是我临摹的对象。

全文二百六十字的《心经》，内容你看得懂与否，也并不重要，只要念念、抄抄，心自然清了。

日本人的习惯，将《心经》分为十七八字一行，一共十六行，他们的写经纸也大多数用这种规格去订，如果有兴趣买来用用亦无妨。书完《心经》，已知心无挂碍了，没有什么中国人和日本人的分别，大家都抄同一种《心经》，格式相异，又如何？

等到把抄经的基础打好，就可以玩了。

怎么一个玩法？

在扇面上写"涅槃"两个大字呀！要不然，在横匾上写写"三藐三菩提"，亦甚飘逸。

但是，抄《心经》的最大好处，是在家人和朋友有病难，自己感到无奈时，写来回向给他们，这是真正的"以表心意"了。

情书

早就说过，有一天，电子书会取代传统的纸版书。亚洲出版商还见不到这种迹象，以为没事，但美国的大书店已一间间倒闭，情势不太乐观。

学校的作业，未来也会由计算机代替纸笔来完成，新一代的孩子，已愈来愈少拿笔书写。他们从幼儿园开始便学习各种输入法：仓颉、九方、速成等。大家都只记得每个字的代号，忘记了字的笔顺。

方便可真是方便，在键盘上敲敲，一个字还未输入完，整个句子就已经跳出来——计算机愈出愈智能，会记住你常用的句子。

渐渐地，大家都不再用笔了，据说日本青年现在只会在手机上按键，铅笔、原子笔碰都不碰一下，别说买了。文具店里的顾客多是老顽固。

从前，消耗纸张最多的是大公司，文件都手写，然后用复印机印出，一张张派发到各部门。秘书为老板写的备忘录、会计员的账簿、发出的通告，一切都用纸张。当今虽然还是用复印机，但档案多是存在计算机中了，纸的用量减少，笔更滞销。

在计算机和电子笔记簿还没发明之前，大家都习惯用纸和笔记事：好友的通讯录、自己的日程表、书中之佳句，有用的资料，皆细心抄录在小本簿上，每用完一本，珍而重之地收藏，日后翻阅，更是无比的乐趣。

但是时代的进步是阻挡不了的，钢笔的出现打倒了毛笔，钢笔又被铅笔、原子笔代替。

不过宣纸和毛笔的魅力还是惊人，写字这种雅趣，似乎高人一等。不相信吗？试试看用毛笔写一封情书给你的女朋友吧，绝对比你在手机上发几万条短信都有用，即使被她公开出来，也不会变为丑闻，只会得到羡慕的眼光。

玩具

东京的一家玩具百货公司一共有八层，世界上的玩具应有尽有，小孩子们走进去，一定走不出来，大人也一样。

五合体、十合体到五十合体的凶猛机械人，坦克、航空母舰的模型，各种刀、剑、手枪、机关枪和大炮，盔甲和战袍，甚至有防弹衣，差不多没有一样不和打打杀杀相关。

我们当小孩的时候，玩具也是打打杀杀的东西，但是大多数是自己动手做的。

印象最深的是叫"饿利"的石弹子，外国小孩以单手弹，我们是用双手。左手抓着鹌鹑蛋大小的圆弹，伸出右手的中指钩着石弹，瞄准对方的弹子，大力弹出，将之击开。或者，在泥地上挖个小洞，看谁能在六七英尺的距离外将弹子滚入洞里。坏弹子常被打破，好的光光滑滑，石质极佳。一人总有两个心爱的，装在裤子的口袋里，走起路来叽叽咯咯相碰，永不离身。

母亲缝纫机上的木线轴是很普通的玩具原料。将木心两端的圆轮用小刀切成齿形，左边用半支火柴棒顶着，用一个树胶圈绑住火柴棒，右边将由洞里伸过来的胶圈捆在一支筷子上，再转动筷子，直到弹性饱满时放在地上，手一松，那木轴便自动冲上前去。这就是我们最现代化的坦克。

被遗弃在垃圾堆的木箱子，用处更广。拆出木板，用小刀将它削成手枪形。两个树胶圈绑在枪头，另两个拉在后面备用，再于枪后做一扣针（原料也是小木块和树胶圈）。最后，爬上树采摘几十个未熟的印度樱桃籽当子弹。将弹弓拉好，手指一按，青硬的种子飞出，可以将女孩打跑。

遇见邻座的小孩呆住，我便会将吃完的荔枝核用小刀切成上下两边，再以牙签插入下半边的核中，用双指一搓，核便拼命地转。小孩大为高兴，抢着去玩，玩后自己也模仿做一个。

目前的教育制度已经把一些小孩压迫得脸部发青，小四眼佬一个个出现。今后一定变本加厉。市面上玩具虽多，总有一天，小孩们会没有余闲去玩耍。到那时，玩具厂倒闭，我将写一本图书，教他们做自己的玩具。

好命猫

　　写过几篇关于猫的东西，读者反应激烈，可见爱猫人士实在不少。

　　我也爱猫，但是不养。猫的寿命一年等于人的十年，比我们老得快，比我们死得快。死了伤心，伤心事，我不做。

　　还有一个不养猫的原因是怕它不回家。回家迟了，便担心它被别人绑票，或者幻想一辆大卡车冲来，把它碾死。友人失去了猫，到处贴广告悬赏，结果猫要等到他最伤心的时候，才肯出现。

　　只是爱人家的猫——难道它不听话吗？也不见得，它们是在自己愿意听话的时候听话。叫猫跳到膝上抚摸它们，有时它们会从命的。

　　"猫"的日文叫neko，"睡觉"日文叫neru，可能是因为它们爱睡觉给取的。猫找一个最舒服的角落睡觉，是特别有才华的。

　　许多作家朋友都是爱猫者，他们发现猫喜欢在他们的稿纸上睡觉。无他，晚上写作，开案头灯，在寒冷的天气，这是最暖的地方，夏天它们就会在别的地方摆姿势了。

生活困难的年代中，猫也和主人一样受苦，剩下的菜汁捞饭，照样吃得津津有味。现在转好，超市有各种猫食罐头，甚至有专门的甜品供应。

罐头里面的东西是用什么原料做的？我一向不相信有什么好东西。狗较奴才，喂罐头食物它不计较。但是猫优雅，我不赞成猫食罐头。要是我养猫，一定要亲自弄鱼给它吃。九龙城街市或北角码头，海鲜摊子的游水杂鱼之中，有很多美得像观赏用的热带鱼，并不贵，买来蒸了，我的猫会喜欢。

"福临门"餐厅养了一只猫，大如猎犬。怪不得这只猫肥大，它每天吃老鼠斑、苏眉。

我是说老鼠斑和苏眉的骨罢了。

一年春事
幾何空

茅簷長掃
淨無苔
花木成畦
手自栽

生生不息

浮生若夢
為歡幾何

大海的方向

暮雨調
生深樹
斜陽下
小樓

過雨看
松色隨遍山
到水源

第二章

日子容易过

日子容易过

每次去欧洲总是匆匆忙忙，时间不足，到处跑个不停，我认为老远走一趟，非弄个够本不可。

有时也不是自己愿意的，亲朋好友一起去，大家想逛些什么，就跟大队。名店街当然逛，还有那些所谓的米其林三星餐厅，东西虽然不错，但环境不让你吃个舒畅。

这回是一个人静悄悄地前往。一向住惯的酒店爆满，也无所谓，在附近找到一家小的酒店，很干净，五脏俱全，除了没有煲热水的壶，沏红茶不太方便而已。

探望友人，在家陪他聊天，不太出门，反正所有值得去的博物馆、美术院都去过了，清清静静地谈了一个下午，也比到处走好。

过当地人的日常生活。从树下捡到一堆堆的核桃，刚成熟，剥开一看，那层衣还是白色的，一咬进口，那牛奶般的液体又香又甜。这种天下美味，相信很少有人会慢慢欣赏。吃了之后，看到那些普通的核桃，再也不会伸手去剥了。

桃子刚过，李子出现。欧洲有种李子，又绿又难看，若非友人介绍，真的不会去碰。原来这种李子是愈绿愈甜的，起初还怀疑，吃了怪自己多心。

正是各种野草莓长熟的季节，用纸折成一只小船当容器，一只只装满小果实，红的、绿的、紫的，以为很酸，哪知很甜。

各种芝士吃个不停，面包的变化也多。

什么？你只吃面包和芝士过日子？友人不相信。

你怎么想是你的事，这几天的确是这么过了。但是有点偷懒，要灌红酒才行。酒又是那种比水还便宜的，喝起来不逊名牌。

欧洲照样有负资产，也有大把人失业，但他们的穷日子，好像比东方人容易过一点。

借口

"我们有子女的人，活得没有你那么潇洒。"友人常向我这么说。

这是中国人的大毛病。以为一定要照顾下一代一辈子。儿女，在中国人的眼里永远长不大，永远需要照顾。

家庭观念浓厚，很好呀，但是亲情归亲情，自己也要快乐地活下去呀。

不会的。中国人一生做牛做马，为的都是儿女。省吃俭用，为他们留下的钱愈多愈好，他们不会为自己而活。不但要养育下一代，还要孝敬父母。这是中国人的美德，也没什么不好，但是有时所谓的孝顺，变成约束，把老人家也当儿女来管。

我这么一指出，又有许多人要骂我了。你这个礼教的叛徒，数千年的文化，要你来破坏？你不是中国人，更不是人。

哈哈哈哈。大部分人都躲在井里。为什么不去旅行？旅行时为什么不观察一下别人的人生？

我的欧洲友人，结婚生子，把孩子教育成人后就不太理他们，就像他们的父母在他们成年后不理他们一样。

社会风气如此，做儿女的不太依赖父母，养成独立的个性，自己赚钱养活自己。

这时候，做父母的才过起从前的生活，自由自在，不受束缚，也就是所谓的潇洒了。在一般中国人的眼里，这是大逆不道，完全没有家庭观念。但他们自得其乐，不需要中国人的批评。

谁是谁非，都不要紧，重要的是互相尊重对方的生活方式。他们绝对没有错，他们不是不孝，他们也并非自私，他们只知道做人需要自己的空间和自由。

我们做不到，但是可以参考参考，反省一下。一辈子为子女存钱，是不是自己贪婪的借口？

节省

朋友的女儿结婚不久，已怀了孕。

"东西那么贵，吃什么才好？"快要做母亲，懂得节省了。

"吃鱼呀！"我说。

"鲳鱼也要卖到一百多块一斤了。"她说，"有没有更便宜的？"

"鳗鱼、鲮鱼，都很便宜，"我说，"而且还是游水的。最好是吃生鱼，生鱼最补。买条生鱼，请鱼贩切片，水一滚，投下去灼，加大量芫荽和生姜，放点盐，其他的什么都不必加，已经很甜，又好吃。"

"生鱼还是贵呀。"她说。

"那么吃肉好了。肉比鱼还要便宜。"

"肉扒也要花很多钱的。"她说。

"谁叫你吃肉扒，肉扒又老又硬，是老外才吃的。"我说。

"有什么其他的肉可以买？"

"最便宜的从前是猪头肉，现在也贵了，但可以买猪肺捆，包在肺部的那一片肉，没有人要，肉贩多数留来自己吃，带着筋和软骨，好吃得不得了。"

"咦，那么脏。"她说。

"内脏也很补，猪腰、猪肝，吃了对身体有益，当今卖得很便宜。"

"胆固醇太高。"她说。

"婴儿也需要好的胆固醇呀。"

"猪肝要怎么做？很容易过老。"她问。

"过老就过老，请肉贩片个干净，再放大量的盐去煮，又加姜丝，等冷后切片来吃，很美味。"我教她，"怀孕时期，多花点钱也不要紧呀！"

"不行。"她说，"生了再花钱吧，这几个月还是要省的。"

"唉，"我长叹一声，"何止这几个月？儿女一生，一世要节省。"

讨厌的小鬼

家的对面是一所出名的学校，一到中午学生放学吃饭，一群群，看到的士就跳上去，有的四人一辆，有的只乘一个。这个时候出门，最麻烦，等了老半天的士，却被他们先抢走，心里开始大骂这些小学生。

"我们从前上学，哪有坐的士的？都是乘巴士。"好久来了一辆空的，坐上去之后即刻向司机大佬抱怨。

"可不是？"他说，"虽然他们乘的士，我们才有生意做，但是我也不赞成学生乘的士。就算家里有钱，也应该搭小巴。"

"宠惯了。"我叹气。

司机大佬说："现在这种时机，坐一坐的士，也不便宜。三四十块对一个收入不多的家庭来说，是可以省就省的。但是，做我们这一行，经常看到一些孩子，不管家长反不反对，看到的士就先截停，上了车，父母讲一两句，他们当是耳边风。"

"这种儿童真恐怖。"我说。

"家长不给小费，还被他们骂寒酸呢。"他说，"通常小鬼们乘车，车资大家分担，大多数说比搭小巴不会贵到哪儿去，还有冷气。但是说什么也好，贵还是贵的。"

"现在的小巴大巴，都有冷气。"我说，"从前没有，也还不是照坐？"

司机说："我还记得那时候连巴士我也省了，走路呢。现在要那些小鬼走几步，吵吵闹闹。"

想起我住嘉多利山道的一件事，好像写过，现在重播。当时有一个肥肥胖胖、面目可憎的小鬼下了车，司机找给他五毛钱硬币，一下子掉在地上，他拾也不拾。我刚好在等车，看到了恼火，兜头一巴掌打他的头。小鬼委委屈屈地不知道做错了什么，我指那个五毛钱硬币，大喊一声："拾起来！"

运动鞋

运动鞋，广东人叫作波鞋，是当今男女老幼必备的。名牌和各种设计出完再出，报纸杂志上满是运动鞋的广告。

从前较为简单，学生穿的，是一双单薄又原始的布鞋，通常是白色的，所以粤语也叫白饭鱼。白饭鱼脏了，就拿去水洗，洗久了还是那么黑，便加白色颜料粉刷。有时粉涂得多了，就像老太婆的妆容，一块块剥脱下来。

随着生活水平的提高，聪明的商人开始做高级运动鞋。鞋底愈垫愈高了，个矮的大为高兴，今后穿的都是波鞋。

料子也愈来愈高级，什么真牛皮都派上用场，不管有多重。这还不止，在设计上大花脑筋，任何颜色都有，有些还会在黑暗中发光。最后加上"LV"两个字母，或者暗藏着一个"H"，就能卖出天价来。

别以为年轻人不知，有些简直是专家，这双多少钱，那双确实物有所值，一看到别人穿便宜一点的，即刻嗤之以鼻。

运动鞋专卖店开得不亦乐乎。有些鞋子设计还加了弹簧，说穿了就会像羚羊那么跳跃，信不信由你。

这加那加，这双运动鞋已经愈来愈大，愈来愈重，有点像荷兰人的木屐，更似米老鼠的鞋子了。

自己穿完一两次，就去换一双新的，把旧的送给了母亲，强迫她穿，说这走起路来脚才不会坏，尤其在旅行时，不穿运动鞋不可。

在机场，老人家穿得辛苦，也得强忍。终于有时间坐下，脱了千斤担。揉着脚的那副痛苦样子，看到了，很想把她们的子女痛骂一顿。

退休

"如果你退休的话，会干些什么？"年轻朋友好奇，"日子难不难过？"

哈哈，要做的事像天上的星星那么多，只要选一两样，已研究不完。

倪匡兄的例子，养鱼和种花为百态，安静时阅读，多么逍遥！他说："每天轮流替那十几缸鱼换水，累都累死，哪还有时间说闷？人家配出一屋新种高兴得要命，我这儿的新种，至少十几条。"

如果我退休，第一件事是开始雕刻佛像，然后练书法和画画，够我忙的了。

一直不敢去碰，怕上瘾没时间研究的是京剧和相声，可以开始了。音乐方面，重温以前听过的古典，直落到爵士和怨曲，一面做其他事，一面听。

把每一天要穿的衣服洗好烫直，一件件挂起来，一日准备两三套，预防天气忽冷忽热。一向少戴的帽子，不肯用的雨伞，也可以一一收藏——越买花样越多。

内衣、内裤买最柔软舒服的，这是非常重要的，绝对不能忽视，已不必穿名牌，跟随潮流行了。

对各种钢笔和毛笔的收集也有很浓厚的兴趣，时间不够的话，请古镇煌兄割爱，把他不要的那一批买下来玩玩。

现在用的是照完相便抛弃的相机，越简便越好，但退休后可玩回从前发烧时用的徕卡、哈苏，等等，也许学回自冲自洗自印，自放大。

重新学习下围棋、国际象棋，希望一日与金庸先生下它一局。

家具更是重要，从明朝案椅到意大利沙发，对椅子的研究是至上的。最好能像时光穿梭机上的座椅，按了钮，可调节任何一个角度，喊了一声，灯光会从不同方向射来。棺材舒不舒服，倒是次要的了。

没想过退休后做些什么，从年轻开始，我已经一直休而退，退而休。

看开

在九龙城遇到一个人。

"我每天看你的专栏。"他说。

"谢谢捧场。"这是我一贯的回答。

"我有一个要求。"他说。

"讲讲看。"

"我有一个儿子在新加坡，我想去新加坡找事做，你可不可以介绍我一份工作？"

"什么工作？"我问。

"什么都好。我看到林振强写你曾经说过，只要在新加坡有什么事可以找你。"他说。

"你有什么专长？"我问。

这个人想了老半天想不出来。

"你以前做过什么？"我又问。

"做过旅馆经理。"他终于想到。

"买一份新加坡报纸，找这一行的招聘广告，打电话去问。"

"我这个年纪，没人会要。"他说。

看样子，最多也不过是五十。

"你说只要试过，是五十五十；不试等于零。所以我试试看你会不会向你的朋友推荐我。"他又说。

"对不起，做不到。"我回答后，因为赶时间，走了。是的，我的确说过尝试才有成功的机会，但是他的例子，要尝试的是联络应聘，不是向我求救。

对林振强伸出援手，是因为他是一个才华横溢的人，虽然初次见面，但他以往的成绩有目共睹。

这个人的背景我一点资料都没有，怎么推荐？人品不好的话，不是害死对方吗？从前我不会这么想，可是发生过的坏例子太多了。我帮助过的人，感谢也不说一句不打紧，时常在背后插我一刀。现在老了，比较谨慎而已。说是那么说，但是先相信人的个性，我想这辈子还是改不了的，今后遭背叛的情况还是会继续发生。也管不了了，反正次数只有减少，不会增多，看开点吧。

记性

记性，和性机能一样，随年龄而衰退。

小时候，朋友的电话号码，一记就是上百个。渐渐地，需要一本电子簿代劳。当然，从前的电话号码只有六至七个数字，不像今天一打就十个以上。

起初，是从出门时忘记带这个，忘记带那个开始的。约会时间已快到，赶着出门，又要掉回头拿东西，让其他人焦急地在电梯口等，以为终于能够出发，另一样又忘了。

记性越来越差，刚刚放下的东西，一瞬间就找不到。翻个半天，一次又一次地拉抽屉、搜衣柜，连厨房也查过，不见了就是不见了。总不会放在洗手间吧？镜子中看到自己，那副眼镜不是好端端地挂在你头顶上吗？

跟着是把约会的时间也忘了。迟到个半天，连对不起也不说一声，本能反应地撒谎："堵车！"

堵车？一个地方住了几十年，还不知道交通情况？为什么不预早出门？这个借口荒唐到极点，但也是最多人用到的。对待朋友，为什么不能坦白："我忘了！"

久而久之，发现借口是那么容易说服对方。堵车的理由用得太多，换一句："我的祖母被车撞了，我要送她进医院！"反正祖母已经仙游，不至于咒她早死。

经过一段时间，这些人发现朋友一个个离去，才知道自己的功夫不到家，也已经不知道回头，只得更正经地说："我永远记在心，他是永垂不朽的！"

明明知道转头就要挖坟，这些谎言还是那么流行。到了最后，才学会承认自己的记性不好。

一个鸟人

在九龙城启德道猪油捞饭隔几间店，开了一家叫"常记"的雀鸟店，我请朋友吃饭早到时，总喜欢去看小鸟，和店主聊几句。

种类多得不得了，还卖笼子、饮水杯、干粮、小虫等。卖得相当便宜。

"不爱上鸟儿，做不了这一行。"店主告诉我，"从前我是开的士的，还买了另一辆出租，赚的比现在还多。"

"是因为什么才会开始喜欢的呢？"我问。

"你看这只画眉，像不像埃及艳后的眼睛？这种天然的化妆术，多么美！"

哦，果然漂亮。

店主继续说："画眉温柔起来，会用身体来摩擦你，自古以来有'小鸟依人'这句话，养了才会明白的。但它一旦发怒，眉毛竖立，由少女转变成一个斗士，非将对方置于死地不可。赌几十万港币一场的斗鸟，用的就是画眉。"

哎，原来他开鸟店，目的是让它们互相残杀。真正爱鸟的人，怎会做得出这种事？

店主好像看出我在想些什么，本来可以以一句"我不斗"的话来骗我，但他还是老老实实地："它们生性如此，我养了那么久。如果发现有两只斗性特别大，非赢不可的，才拿去参加比赛，让它们实现生命的价值。"

店外飞来许多野生的麻雀，也撒干粮给它们吃："我也卖放生雀，这是我最大的收入，也许这些鸟儿是其中一只。它们为我赚过钱，我现在回馈它们。"

看到全身浅紫、红嘴巴、白面颊的文雀，记得这是街边算命师傅用来为客人占卜的鸟儿，真是聪明听话。

店主笑了："客人总希望抽到一支好签，抽到了会给看相的多点钱。原来这种鸟的记忆力特别好，给它们啄过的签能牢牢记住，所以看相的把它们啄过的坏签全部丢掉了。"

第一次

吃水果，一定要甜的。如果想吃酸的，不如去嚼酸梅。

当今的砂糖橘最甜。买一大包，拿去龙华茶室给苏美璐吃。

她专选圆滚滚的，带枝的则想带回家画画用，但你一个我一个，吃得七七八八。我下楼再买。

卖水果的老先生认出来："楼上开的是苏小姐的画展？"

我点头。

他犹豫了一会儿，"我能去看吗？"

"谁都能去。"我说。

"我会付钱买点心。"他说。

"何老板说没关系，喝不喝茶不要紧。"

"不，"他说，"我一定要给点钱，不然光看画展不好意思。"

"没什么不好意思的。"我说。

"我一生没去过画展，这是第一次。"

"好开始呀。"我微笑。

"我收了档马上去。"

"别急，要开到二月二十七号呢。"

"你买了两次，真的喜欢？"

"分一点给苏小姐。"我说。

"多拿几个。"他抓了两大把塞进塑料袋。

"我替苏小姐谢谢你。"

"你替我谢谢她才是。是不是可以把老婆带来？"

"带来。"我说。

"谢谢。"他说。

我走回茶楼，背后听到他的欢笑声。

武器

陪一个女人去买房子。前来介绍的女经纪,身体肥胖,她气呼呼地爬上那小山坡,满脸笑容。看完了一间又一间,我朋友都不满意,最后来到嘉多利山的布力加径,有间楼顶很高的,价钱又便宜,逗留得久一点。

我这个朋友是个名副其实的八婆,常损人不利己、酸溜溜地讲对方几句。看见那女经纪又气喘如牛的怪样子,她单刀直入地问道:"你有没有一百四十八磅?"

"哇,请你不要乱讲,我现在哪有一百四十磅?"女经纪呱呱大叫一轮后说,"我二十岁那年已经一百四十了。出来做事,爱吃东西,一年胖一磅,现在一百六了。"

连那个紧绷着脸的朋友也被她惹得笑个不停。幽默真是一件大武器,绝对比那两个"打破头"的男经纪强得多。

我出外景时选工作人员,如果对方能讲一两个笑话,绝对先和他签约,因为我知道一去就是几个月,好笑的人比不好笑的人容易相处。

有幽默感的人，做事的成功机会总比别人多，交到的朋友也更多。别以为讲笑话就是轻浮，连做总统也得讲一两个笑话来缓冲紧张的局面，里根和克林顿都曾使用过此招。

"你为什么出来做这一行？"朋友又问。

女经纪回答："要养孩子呀，我和我先生离了婚。"

"为什么要离婚？"朋友又不客气地问。

"不能沟通呀，"女经纪说，"他连和哪一个女朋友约会都不肯告诉我。"

我们又笑了。朋友心情好，房子又看得满意，最后她说："我想和先生商量一下。"

"商量一下也好，"女经纪说，"不过不是每一件事都需要老公来决定。我减肥，就从来没有经过他的同意。"

朋友又笑了，交易即成。

老板娘

我们常去的那家最地道的鱼生店"高桥"的老板死了，老板娘说不想再做下去。

"待在家里也不是办法呀。"我说。

"一个女人，管不了那么大的店。"

"你有两个女儿帮手嘛。"我说。那两个长得也真漂亮，可见老板娘年轻时更是大美人。

"三个女人，行吗？"她犹豫。

"我们来店里，也从没见过你丈夫。"

"他总是躲起来，不和客人打交道。"

"不就是吗？"我说，"现在有他和没有他的区别也不大呀！"

"说得也是，女人不做事，就没生命力。"

"你大女儿好像和那位年轻师傅的感情不错呀！"我说。

"他们对婚姻都有点恐惧，说常看到同学和朋友闹离婚。"老板娘说。

我把大女儿叫来："你的父母结婚几十年，不也都是好好的！"

大女儿被我当头那么一喝，有点愕然，对母亲说："妈妈，蔡先生为什么讲这种话？"

"傻丫头，"老板娘笑骂，"他是要你们早点成婚。"

红着脸，大女儿走开。

"你不开店的话，我们下次来吃些什么？"我再劝她。

老板娘有点心动："做下去的话，只能把店缩小，每晚收少些客人，才不会太辛苦。"

"缩小就缩小嘛。"我说。

"但是你们下次来，我招呼不了了。"

"不必为我们把店关起来。"我只有那么说。

"不过，你们来了七年，每年都带给我们不少生意，甚不好意思，谢谢、谢谢。"老板娘一直送到门口，我看见她眼边有点泪珠。

商机

吃了那么多，也谈了那么多的鱼、虾、蟹，就那么算了，实在可惜。

活在当下，我们都得讲钱；今时不比昔日，我们文人，也不必再扮清高了。

如果把尝试过的美味，化为经济来源，那该有多好！

吃过的鱼、虾、蟹化为文字，便可赚到稿费。你可能会说不是人人都能写，而且去哪里找到发表的"地盘"？

这已是很落后的看法。只要会讲就会写，把讲过的话写出来就是，就像会走路就会跳舞一样，中间经训练的过程而已。

什么训练？那就是开始写呀！想到什么就写什么，久而之，你就会觉得控制文字，并非很难的一件事。

至于没有地盘，当今全世界都是地盘，计算机就是你的地盘，把自己的博客摆上去。精彩的话，就有人看，这和出书是一样的。

当作资料收集，请尽管写好了，总有一天会用到，成为生财工具也说不定。

接下来，就可以把吃过的东西，演绎成独创一格的佳肴，开家餐厅也是办法，最厉害的是研发成商品。

卖东西，有两条途径：卖最便宜的，或最贵的。二者都有它的市场，走中间路线，永远失败。

印尼人老早就知道这个道理。他们把生虾剁成浆，加入面粉，煮熟后切成一片片的薄片，晒干了，就是他们全民皆喜的虾片了。

将虾片油炸，那么小的一块，变成一大块又脆又香的食材。形状也变化多端，有的制成丸形。到处可以看到小贩们背着一个大铁箱，叫卖虾片。

虾片，到底比洋人的薯仔片好吃。人类是肉食动物，鲜虾的味道，总不像植物那么寡。

大量生产、供应一般市场的虾片，面粉愈加愈多，虾肉愈来愈少，吃起来空虚无比。为什么不可以下足料呢？

日本人就有那种能耐，一家叫"阪角"的公司，采用全虾肉，只加一点点的面粉，和印尼人卖的刚好相反，做出来的虾片就很精彩。

经过压扁处理，炸出来的平坦的一片片，放进锡纸袋中独立包装，卖得很贵，这又是另外一个市场。上等的东西，总有一个市场，虽然不大，但可以维生。

日本人做的虾片，固然美味，但是没有进一步研发。东南亚的虾，味道比日本的更鲜更甜，尤其是在槟城市场中买到的生晒活虾虾米，放几个煮汤，已鲜甜得不得了。上回和倪匡兄游大马，买了当手信，他一吃念念不忘。

　　拿这种虾米舂碎，再加上大量的鱼胶、少量的面粉来做虾片，炸了一定比日本的更有口感。只要在包装下功夫，贩卖到日本市场，不是问题。

　　或者，干脆用清水浸了，装入罐头，也能卖呀。罐头当然是迷你型的，一次吃一两罐，才不会因为太多吃不完而变坏。把虾米炸了，同样装入迷你罐，也是商机。

　　世界各大都市皆有高级食品店，食材包装之后给人干净又高尚的感觉，绝对能够在他们的架子上摆卖。

　　数不尽的酱料，包装得高档就行，像花胶酱、金华火腿酱、五香酱、鳗鱼酱、虾子酱、龙虾酱等，用来涂面包，送白饭，都是医治思乡病的恩物。

　　外国人有句老话，说一个人的美食，是另一个人的毒药。有时用的食材也不一定要花钱，像外国制造的鲍鱼罐头，鲍鱼肠都当垃圾扔掉，殊不知鲍鱼肠是日本人认为最好吃、最强精的东西。如果把它们做成罐头来卖，也无不可。

　　那么多年来，我总是吃吃喝喝，但累积下来的经验和广交的良缘，让我拥有许多门路，可以把一种商品卖到另一个地方去。上述举的多个例子，也不过是一部分罢了，还有数不尽的法宝藏在袖子当中。

　　要是各位有什么好建议，不妨大家交流一下，把吃喝中悟出来的奇想互相交换，也许都是商机。

　　只要不是抱着太大的期望，不冀求太大的利润的话，这些主意是非常好玩的。

　　这过程之中，赚到一点小钱，游世界去，再没有更过瘾的事。

胜任

一个曾经认识的人忽然有了新主意，说："约某某人出来吃个饭，叫他帮忙！"

我在一边听了毛骨悚然。

请教于人，是好事，我并不反对。但是那轻飘飘的"约出来吃饭"，好像有随传随到的口吻，恐怖得很。

又非亲非故，人家为什么要让你请呢？

吃一顿饭，闲闲地花个两个半钟头，之前的沐浴换衣时间呢？好像人家没有饭吃，坐在家等待你这一餐。

抱着广交结缘的心理，我依然赴约。能把自己懂得的东西传授给别人，也是乐事，但是主人家迟到的经验告诉我，自己已经筋疲力尽，再也没有条件做夜夜笙歌的应酬。

友人有事，当然随时拔刀相助。一般会约在办公室中商讨，等待的时候，也可以传传真，写写信，做一些未完的工作。

因为要写稿，中餐则到处钻，发掘一些餐厅来介绍。所以中午这段时间我很忙，而且试菜总不能拉几个朋友到处乱走呀。

晚上则希望能看看报纸、电视新闻，租张影碟欣赏电影，然后阅读一些新书。睡几个钟头，清晨起身写稿。一去陪别人吃饭，这个生活规律就受到了干扰。赶起稿来，压力甚重，就写不出好东西。

其实我早上六点到十点这段时间最为空闲，什么都不想做，拔几朵白兰花放在口袋，就出门散步或逛菜市场。

"怎么老是约不到你？"友人说。

我回答："行呀，我明天早上七点钟在九龙城饮茶。"

"那么早？"朋友抱怨。

听后微笑，记得年轻时，为谈成一件事，在对方门口苦等一夜的情景。可惜当年没有狗仔队，要不然一定胜任。

等

回香港，时间不多，因为又要赶着为下个旅行团去探路，只停十几小时就上路。

约了一个年轻人，对方说有重要的事商量。地点由他定，我准时来到。

说是准时，我这个人绝对不准时，只有早到。

父亲教的一些做人的原则：对人要有礼貌、要守信用、别让人家等待，等等。

"当今是什么年头了。"友人问，"你这样做不是吃亏吗？"

的确吃了很多苦，尤其是被一个从小玩到大的同学骗去，受伤甚重，对人生好生失望。但是另一个同学又帮我赚钱，心理得到平衡。

年轻人迟到了半个钟头，对不起也不说一声。我反而安慰他："不要紧，不要紧，我是不让人等，但是等人不要紧。"

嘴巴那么说，心老不愿意。等人的时间，加起来，不知浪费了多少个月！如果对方是个美女，那还有话说。粗鲁男人一个，为什么由我来等？愈想愈不公平，愈想愈生气，但是，每一回又不公平、又生气地完结。等人的噩梦，一次又一次地重复。

为什么打电话给人，都说："等等。"

为什么不会说："请等一下。"

自己公司的职员，教了又教，还是说："等等。"

怎样才能要求别人办公室的人说"请等一下"呢？

家父教的，要放弃的话一下子就能放弃，但也死守了六十年。

如今年老神倦。板桥老人说已不与诸君作无益之语也，翻译成现代语："才不陪你们玩。"

从现在开始，不再等人，让人家等我。

话虽这么说，下次又等。

第三章

原则上，难吃的东西吃得多了，就能看得出来。

学会

吃喝

看菜

"菜一上桌，你就看得出好不好吃？"小朋友问。

当然还是尝过之后再下定论最准确，但因经验的累积，一般能观察出水平的高低。菜肴讲究的是色香味，那个"色"字，就是指标。

别说其他，饭前的冷菜或小碟，看看已能判断。太玄妙了，不如举实例。

吃宁波菜时，上一碟烤麸，一看就知不行。为什么？那面筋是刀切的。麸块要手撕，汁才入味，就那么简单。

如果连这一点功夫都做不好，这家人其他菜品好吃的也极有限，不必猜测。

潮州菜通常奉送一碟咸酸菜，当今也许要算钱，看到碟中的东西颜色似染的，已经碰都不必去碰。

色泽鲜艳的酸菜，上面再撒些南姜蓉，这家人的水平一定高。至于味道是太咸或太甜，那是个人喜恶。

韩国菜也是一样，少不了的金渍（韩式泡菜），辣椒粉加得不够，颜色就不鲜红。白菜太过白的话，泡的时间不足。如果看到泡菜之中还有些松子，表示不错。瓣与瓣之间夹了鱼肠，那很地道。要是把泡菜酿在一个巨大的梨中，那么这一餐将是毕生难忘。

西餐一样。如果上桌的面包不是店里烤出来的，味道好不到哪儿去。

切功也很重要。杭州菜的小碟马兰头，切得太粗，或者豆腐干切太大，不必尝味已知不好吃。

山东菜的腰花，花纹不美，片得不够薄，吃起来必有尿味。

来看大菜。看到焗鲤鱼时，鱼鳞不是竖起来的，那是死鱼。生命力那么强的鲤鱼还养不活，这家人的菜恐怖到极点。

原则上，难吃的东西吃得多了，就能看得出来。

部位

一碟白切鸡上桌，你会先选哪一个部位吃？洋人当然挑鸡胸肉，或者鸡腿。东方老饕则喜欢吃带骨的部分，没肉都不要紧。

牛的体积较大，选起来不容易，要看做什么菜吃什么部位。炒芥蓝的话，最好用牛肉档内行人说的所谓的"封门腱"，切成薄片，炒起来虽有点韧，但是很香。煲牛腩的当然用崩沙腩这个部位，带肉带筋，才好吃。肥牛用来打边炉。牛尾烧罗宋汤。但说到变化，还是牛膝，除了吃肉，还能享受骨中的髓。

羊肉则是在羊腰附近的肥膏最美。羊腿吃起很豪放，像鲁智深一样抓着猛啃，快活至极，膻味，不可缺少。

猪肉每一个部位都美味，最高境界是肚腩的三层肉或叫五花腩的。红烧起来，隔条街都能闻到，做东坡肉，更是绝品。

将五花腩切片，和四川榨菜一起铺在白饭上，加点虾酱，炮制出来的煲饭，一流。相比之下，背脊部分的肉排就被比了下去，但洋人喜欢，家政助理也最为拿手，没话说。不过用上等的黑猪来做的吉列猪排，肉柔软得也可以用筷子切开。

　　猪手、猪脚煲糖醋姜，猪皮烤得脆啪啪，猪头肉拿来卤，都是好食材，至于猪尾，煲花生，也百食不厌。当年猪颈部位，内行人所谓的"肉青"没什么人会欣赏，只用来做腊肠，因为价贱。我曾经大力推广，现在大家都爱吃。如今可以再介绍包在猪肺外面的那层薄肉，叫猪肺捆，也是一个冷门的部位，它带点筋，煲起汤来绝不输猪腱，值得一试。

龙井鸡

有人老远送来最高级的清远鸡。怎么一个做法？白切、酱油、油炸，皆太普通。

最好是原汁原味食之。想出一个办法：用深底锅又蒸又焗。但家中缺少这件烹调器具，正在想什么地方才能找到合适的，好友陈鸿江送来了一个。

一见大喜，原来是德国货 Berndes（宝迪）。这家人生产的煲是铸出来的，不像一般压模制造，锅底和锅身厚度相同，底部受热力度不足，很易烧焦食物。Berndes 铁铸锅底层很厚，非常耐用，一生一世都不会坏。

又遇上《饮食男女》中的蔡澜教室已无存货，同事要我示范些新菜式，就用鸡作为主题。

焗鸡做法最好是把禾秆草放在锅底，上面再放一片大的荷叶，把鸡放进去，像放进鸟巢一样，再盖层荷叶蒸之。

一早八点，赶到九龙城街市，问熟悉的小贩友人："哪儿可以找到新鲜的荷叶？"

"现在已经不卖了。"他回答，"如果你早一天吩咐，我可以到新界进货时替你摘几叶回来。"

太迟了，怪自己为什么不事先准备："到花墟去也许能找到吧？"

小贩摇头，说："难。"

怎么办？只有随机应变，看见有人卖甘蔗，削了皮切成五英寸长的，一把十条，就买了三把，再到茗香茶庄找到三哥，要了两个明前龙井。

开始做菜，把甘蔗架在锅底，留空间，将鸡涂了橄榄油和少许盐，放在上面，再铺一层甘蔗。龙井装入玻璃水杯，滚水沏之，茶叶半开时倒在鸡上。再用淋湿的玉扣纸把锅边封好，蒸个二十分钟。熄火，再焗十分钟，大功告成。鸡色油黄中带碧玉，味道香极。

同事问这菜叫什么名堂？我想也不想，冲口而出："龙井鸡。"

法式田鸡腿

在法国南部吃了田鸡腿，念念不忘。

回到香港去了几家法国餐厅，均不满意，不是那个味道，唯有自己炮制。

参考了许多法国菜谱，包括 Julia Child（朱莉娅·查尔德）写的 *Mastering the Art of French Cooking*（《掌握法国烹调艺术》），不得要领，只能凭记忆和想象重创。

到九龙城街市，走过那档卖田鸡的，看到的田鸡不是很大。

田鸡最肥大的来自印尼，那两条腿像游泳健将般粗，肉质也不因大而生硬，是很好的食材，但并非这次的选择。

小贩剥杀田鸡，总是件残忍事，不看为清净。丰子恺先生也说过，吃肉时不亲自屠宰，有护生之心，少罪过。

再去外国食品店买了一块牛油、一升牛奶和一些西洋芫荽，即能开始做菜。

先把田鸡腿洗干净，用厨房用纸把水吸干了，放在一旁备用。

火要猛，把牛油放进平底锅中，等油冒烟下大量的蒜蓉。

爆香后放田鸡腿去煎，火不够大的话全部煎熟，肉便太老，猛火之下，田鸡腿的表面很快就带点焦黄，里面的肉还是生的。

这时加点牛奶，让温度下降，田鸡腿和奶油配合得很好，再把芫荽碎撒下去，加点胡椒，动作要快，紧跟便是下白酒了。

用陈年佳酿最好，不然加州白酒也行，加州酒只限来做菜。带甜的德国蓝尼也能将就。但烧法国菜嘛，至少来一瓶Pouilly-Fuisse（普伊–富赛）吧。

酒一下，即刻用锅盖盖住，就可以把火熄了，大功告成。

虽然没有法国大厨指导，做出来的还蛮像样，但只能自己吃，不可公开献丑。

吃完，晚上还是去"天香楼"，叫一碟烟熏田鸡腿，补足数。

前世

到一家新开的羊肉火锅店去试菜，发现羊肉只有一种。虽说是什么内蒙古的羊，有多好是多好，但是冻成冰，削为一卷卷，吃不到膻味，也吃不到其他什么肉味，颇失望。

埋单时一个人头要花近两百元，也不便宜，但店不大，又不是财团经营，想想算了，吃完不指名道姓批评它。

本来觉得内地来的大机构"小肥羊"的价钱愈来愈贵，但是与那间店一比，还是值得的。至少他们的羊肉还有几种可以选择，要那些最好的，还是好吃。

又，他们的汤底不折中，还是那么辣，至少吃得过瘾。那些新开的羊肉店已经完全迎合香港人的品位，汤底淡得出奇。

既然想吃羊肉，就要有羊肉味，你说膻也行，不去碰它是你的损失。我们这些嗜羊者，非得吃出羊味不可，你的膻是我们的香。不然，什么肉都是一样。

最怀念的还是在北京吃到的羊肉。有一家店，玻璃橱窗中挂着新鲜的羊腿，是当天屠宰后由内蒙古空运过来的。师傅用利刀把羊腿上的肉一片片割下，较用电锯切出来的厚，更有口感，又羊味十足，这才是吃羊嘛。

冰冻后刨出来的羊肉卷，看了最反感。那一大碟肉，涮完剩下一点点，我们已经不够吃，北方汉子怎么吃得饱？

内脏更是香港的羊肉店缺少的，在北京吃，至少有羊肝、羊腰、羊肚的选择，有时还制成羊肉丸，煮熟后真够味道，比吃什么羊肉水饺或小笼包好得多。

决定今后再也不去光顾不正宗的羊肉餐厅了。一到深圳，什么羊肉馆子都有，尤其是到了广州，那家穆斯林菜馆的烤全羊，真把我引得口水直流。

我想，我这么爱吃羊肉，前世一定是新疆人或内蒙古人，错不了。

蛋白

世界上最普遍的食物，莫过于鸡蛋。

要怎么吃都行，任何形态皆可。鸡蛋能生吃、煮熟、煎、炸、炆、卤；圆的、扁的、碎的，数之不尽。穷人富人，都吃蛋。

第一次接触鸡蛋，是养的母鸡所生，妈妈拾起来交给我。拿在手中，还是暖的。啄一小洞，叫我啜啜。有股腥味，但有营养嘛。当年，有营养的东西并不多。

记忆从三岁开始，生日那天，依潮州人习惯，焙个鸡蛋来祝寿。用张红纸沾了水，把颜色涂上，以呈吉祥。

剥了壳，蛋白享受完毕，飞机来轰炸，父母拖我们的手赶紧逃入防空洞中，剩下的那个蛋黄，引人垂涎。怎可不吃？顺手一抓，吞进喉中，哽住，差点呛死。

从此，只吃蛋白，不吃蛋黄。

生鸡蛋现在已没人吃，怕有细菌。只剩下日本人照食不误，他们的早餐有生鸡蛋，打入饭中，捞它一捞，就那么吃下去，真是恐怖。

我连半生熟蛋也不敢碰。妈妈怕我身体弱，加几滴白兰地引诱我吃。果然中计。酒鬼本性，是与生俱来。

不尝此味已久，到了新加坡，咖啡店中还卖半生熟蛋，怀起旧来，要了两个。打在碟中，不吃蛋黄，只吃蛋白，淋上黑乎乎的老抽，加点胡椒。用茶匙舀粘在壳上的蛋白，但可惜每次都煮得太生，蛋白太少，不过瘾。

炒蛋的蛋黄倒是可以接受的，菜脯蛋的蛋黄更好吃，煎蛋当早餐也不嫌弃。

引申出去，鸭蛋也不错，做起咸蛋食不厌，镛记的皮蛋一流。

每天做梦，梦到蛋。到南非去时，到鸵鸟园，摄影组叫我示范蛋料理，就来了个茶叶鸵鸟蛋。蛋的花纹比瓷瓶还美，吃得过瘾之至，天下美味也。

豆芽颂

　　石琪兄喜欢吃黄豆大豆芽，我却独爱绿豆小豆芽。蔬菜之中，唯有它百吃不厌。

　　从小就爱吃豆芽，总是用筷子夹一大堆下饭。爸妈看了，笑骂说："简直是担草入城门。"

　　即食面里，加些豆芽，我已经觉得很满足。豆芽的烹调方法也可以谈个没完没了，清炒最妙。用油爆香大蒜瓣后炒几下，半生不熟时，加点鱼露、几滴绍兴酒，不放味精也香甜，比什么大鱼大肉都好。

　　佐以韭菜、鲜鱿鱼、猪肉、牛肉，或任何一种其他的食物，豆芽都能适应，它是性情很随和的东西。

　　有了余暇，一面看录像带一面择豆芽也是一件大乐事。把它的头和尾摘下扔在一旁。中间部分用盘子盛着，堆成一堆，像白雪，以"银"芽来形容，更是切题。

　　谈到摘头摘尾，有个朋友发明了一个理论，那便是把绿豆撒在麻布袋上，加水发芽后由麻布中长出，用刀子将头尾刮去，剩下来的便是完美的豆芽。这办法只听说过，没有看到他实践。

有一天发起神经，学古代御厨，用尖刀把豆芽挖心，酿上切成幼丝的火腿精肉，结果炒后都掉了出来，白费心机。

豆芽性情高傲，水质不佳者养出来的都是干干瘪瘪，南洋一带的便是如此。用蓄水池的水生产的也不够肥胖。

最好的豆芽要以清澈的井水或山泉养之。

现在国人也学会了吃豆芽，他们将它煮熟了掺入沙律。美国人把一种袖珍绿豆培养出头发样的豆芽生吃。我试过扔在汤中，味道不错。

日本人不知在水里加了什么维生素之类的东西，豆芽肥白得像婴儿的手指，但并不香甜。

泰国人生吃，点以飞蛾酱，又腥又辣，又是另一境界。

不要轻视豆芽价钱低微，不登大雅之堂。宴席上的鱼翅，也要它来帮助，才能衬托出更好的滋味。

蔬菜王者，豆芽也。

火腿蒸蚕豆

这次为杂志拍煮菜示范，到九龙城街市走一趟。南货铺子外边摆着像小香蕉般大的绿色东西，原来是蚕豆。

剥了皮，里面大概是三至四粒浅绿色的豆，肥肥胖胖，一块钱硬币般大。

豆外层还有皮，很硬，不能像花生一样连衣进食，一定要去掉。若嫌麻烦，可以买已经剥了外衣的蚕豆，但是整个的剥起来比较好玩。

通常的吃法是把蚕豆连衣扔进水中，滚个十来二十分钟，捞起，待冷，剥了衣放点盐，就是一道下酒的好菜。

把盐放在滚水中也行，但是不能放糖，不然粘手，感觉不佳。

蚕豆本身味淡，很适合加点糖。把蚕豆磨成糊，加糖吃也是一道美味的甜品。

"有没有其他吃法？"问南货店的人，许多沪菜都是由他们指导做的。

"炒火腿呀！"

我记起来，上海菜中有此一道，将火腿切粒，和蚕豆一起炒之，不用其他配料！

一盘碧绿的蚕豆，加上红色的火腿，扮相不错，但也太过普通，花点心思较佳。

选了一块带肥的金华火腿，肥膏部分占整块火腿的四分之一左右。

拿到厨房，先把火腿过过滚水，免得太咸，然后一片片切薄备用，再用一罐鸡汤把蚕豆煮熟，剥皮后捏一点糖。

找个碗，把火腿铺在碗底，肥肉向碗中心排，瘦肉在碗边，一片叠一片，像把扇子那么整齐，最后将蚕豆填满。

铺上保鲜纸，就那么拿去蒸。碗厚，要蒸二十分钟以上才够火候。上桌时盖个薄碟，把碗翻转，再把肥肉微微掀开，露出翡翠般的蚕豆，简单又美味，你不妨试试。

芋泥

又到芋头最肥美的季节。

芋头的做法甚多，咸的甜的，千变万化，但最著名者，莫过于潮州芋泥。

这简直是一门艺术，做得最好的人，当然是家里的妈妈。所有天下美味，都出自母亲之手。老人家的厨艺有多高不是问题，也不容置疑，一争辩，即大打出手。

大家以为芋泥的做法很麻烦，其实简单到极点。买一个大芋头蒸之，约一小时，取出。切成半英寸厚片，右手将那把四方菜刀的刀身放在芋片上，左手把刀身用力一压一拖，芋头变为粉状，加糖来炒，即为芋泥。

炒的时间多久？我最不会回答这种问题，全靠经验，看它熟了就是熟了，失败过一两次，一定学会。

最普通的芋泥有白果芋泥和金瓜（也叫南瓜）芋泥。前者是把白果剥皮去芯，放糖水煮熟后放在芋泥上面，后者同个方法炮制，切片伴之。

但是老师傅做的金瓜，不是切片那么简单。他们所谓的金瓜芋泥，是把芋头搓泥，放在一边备用，金瓜削皮、切口，选有蒂者，可当成盖。

用个小金勺挖掉金瓜的种子，把芋泥装在里面，用个碗稳固住，就可以放于高身锅中隔水蒸，蒸个两小时，拿出来。

上桌，扮相极佳。分进碗，除了蒂，都能吃，天下美味之一。

要吃贵的，可做燕窝芋泥。用上述方法做好芋泥，放进一个玻璃煲中，另煮糖水燕窝，添进玻璃煲中。芋泥质浓，不会溶化，此时一看，是两层，上面白的，下面紫的，煞是美丽。

要吃便宜的，用白木耳代替燕窝，同样好吃，相信营养也差不了多少。

什么？你做出来的芋泥不好吃？当然啦，你没下猪油嘛。

闷局

泰国菜馆愈来愈多，菜式吃来吃去都是咖喱螃蟹、炸鱼饼、烧猪颈肉、蒸乌头、烤鸡等，已无新意，吃出个闷局来。

最近有些新的，以皇帝菜为招牌，看照片上的什么鲜虾炒饭、椰香炒大虾等，与一般的味道差不多，已不想去试了。泰国菜真的那么简单吗？非也非也。泰国菜分东西南北，更有些与老挝、柬埔寨交界地区的特色料理，变化甚多。

Gaeng-Aom Hoy-Khom是焗田螺。先用老鸡熬出汤底，加咖喱酱、香茅、青柠、咸鱼，和田螺一起煮，非常美味。

Tom Sab是牛肚汤。先熬牛肉为汤底，加胡椒、南姜、干葱和鱼露煮羊肚，不逊于印尼人做的牛肚汤。

Laad Ped是辣鸭。把鸭肉和内脏蒸熟，有些切片，有些剁碎，揉上辣椒粉、咸鱼酱即成，最后把猪皮切丝撒在上面当作点缀，又插上薄荷叶，色香味俱全。

Sai Grog I-San是猪肚汤。将猪肚洗净，剁碎，另起锅煮好糯米，猪肚碎和糯米中混入芫荽根、大蒜、黑胡椒、鱼露等，搅匀，塞进洗干净的猪肠中，成为小圆球状，打一个结。依此类推，做成十几个，下油炸之，即成。样子非常可爱，又美味。

愈想愈多，吃过的精彩泰餐数之不尽。

还有一种变化，那就是潮州粥了。潮州文化在泰国保留着。一个摊档中有数十种菜肴，都是预先煮好，客人要了可以凉食或加热。泰国人喜辣，以辣椒酱加工，比香港的打冷有趣。开一家这种粥店，必有生意。

另外是小炒，虽然以中餐为主，但采用泰国食材，如他们的咸鱼、腊肠和野菜，当今在杂货铺中轻易能找到。聘请个师傅开家小店，现叫现炒，也是生财之道，何必人家卖什么学什么，弄到生意都摊薄呢？

泡菜颂

泡菜不单能送饭，下酒也是佳品。

尝试过诸国泡菜，认为境界最高的还是韩国的"金渍"（Kimchi）。韩国人不可一日无此君，吃西餐、中餐也要来一碟金渍。

金渍好吃是有原因的，它是在韩国悠久的历史与文化中产生的食物。先选最肥大的白菜，加辣椒粉、鱼肠、韭菜、萝卜丝、松子等泡制而成。韩国家庭的平房屋顶上，至今还能看到一坛坛的金渍。

韩国梨著名地香甜，将它的芯和部分肉挖出，把金渍塞入，再经泡制，成为天下罕有的美味，这是传统的做法，吃过的人不多。

除了泡白菜，他们还以萝卜、青瓜、豆芽、桑叶等为原料。另一种特别好吃的是根状的蔬菜，叫Toraji（桔梗）的，味道尤其鲜美。

广东人称为椰菜的高丽菜，洋人也拿手泡制，但是他们的饮食文化中泡菜并不占重要的位置，泡法也简单，浸浸盐水就成了。

北方人也用盐水腌制高丽菜，但会加几个红辣椒。做得好的是四川人。四川人用豆瓣酱和糖腌制高丽菜，有点像韩国金渍，但没有他们的酸味，可惜目前在四川馆子吃的，多数加了番茄汁，不够辣，吃起来不过瘾。

一般人的印象中，泡菜要花的时间甚多，但事实并非如此，泡个二十四小时已经足够。日本人有个叫"一夜渍"的泡菜，过夜便能吃。

日本泡菜中最常见的是腌得黄黄的萝卜干，一看就知道不是在吃泡菜而是在吃染料。京都有种"千枚渍"，是把又圆又大的萝卜切薄片泡制，像一千片那么多，还可口。但是京都人特别喜欢的是用糖腌大量的越瓜的泡菜，甜得倒胃，就不敢再领教了。日本泡菜中最好吃的是一种叫 Betahra Tsuke 的，把萝卜腌在酒糟之中，吃起来有一股幽甜，喝酒的人不喜欢吃甜的东西，但是这种泡菜，酒鬼也钟爱。

其实泡菜泡个半小时也行，把黄瓜、白菜或高丽菜切成丝，放进热锅以中火炒之，泡醋、白葡萄酒，把菜盛在平盘上冷却，放个半小时便能吃。

要是你连三十分钟也没有耐性等，那有一个更简单的制法，就是把小红葱头、青瓜切成薄片，加醋，加糖，如果喜欢吃辣的可以加大量的辣椒丝，揉捏一番，马上吃。豪华一点，以柠檬汁代替醋，更香。这种泡菜特别醒胃，可以连吞白饭三大碗。

秋天已至，是芥菜最肥美的时候。

芥菜甘中带甜，味道错综复杂，是泡制腌菜的最佳食材，潮州人的咸菜，就是以芥菜心为原料。依潮州人泡制芥菜的传统方法，再加以改良，以配合自己的胃口，就此产生了蔡家泡菜。吃过的人无不赞好，说不定在"暴暴茶"之后，我会将之制成产品出售，这是后话。好货不怕公开，现在公布一下"蔡家泡菜"的秘方：

一、一玻璃空缸，备用，大型者较佳。

二、买三四个芥菜心，取其胆部，外层老叶不用。

三、水洗后，经风吹日晒或手擦，至水分干掉。

四、切成一英寸长、半英寸宽的长方形。

五、放入大锅中，以盐揉之。

六、搁置十五分钟，若性急，不搁置也可以。

七、挤干芥菜的水分。

八、用矿泉水洗去盐分，节省一点可以用冷冻水，但不可用水龙头里的水，怕生水有菌。

九、再次挤干水分。

十、好了，到了这个阶段，把玻璃缸拿出来，先确定缸里没有水分或湿气，然后把辣椒放在最底一层，半英寸左右厚，嗜辣者请用泰国指天椒。

十一、在辣椒的上面铺上一层一英寸左右厚的芥菜。

十二、芥菜上面铺上一层半英寸左右厚的切片的大蒜。

十三、大蒜层上又一层一英寸左右厚的芥菜。

十四、芥菜上铺一层半英寸左右厚的糖。

十五、再铺一英寸左右厚的芥菜，以此类推，根据缸的大小，层次不变。

十六、缸装满后，仍有空隙，买一瓶鱼露倒入。（目前香港已经没有好鱼露，剩下李成兴厂制的尚可使用；泰国进口的，则以天秤牌较佳。）鱼露只要加至缸的一半即可，不用加满。

十七、浸个二十分钟，这不管你性急不性急，二十分钟一定要等的。

十八、把缸盖好后倒翻，缸盖好后底在上，再浸二十分钟。

十九、把缸扶正，打开缸盖，即食。

二十、当然，味道隔夜更入味。泡完之后，若放入冰箱，可保存更久，但是这么美味的东西，即刻就能吃完，要是放上一两个星期还吃不完，那表示制作失败。

潮州泡菜中，还有橄榄菜、贡菜、豆酱浸生姜，等等，千变万化。

如果老婆煮的菜不好吃，那也不用责骂，每餐吃泡菜以表无声抗议，多数会令她们有愧，厨艺也会跟着进步。

罐头颂

和即食面一样，我对罐头也百吃不厌。

家里的厨房一定摆着很多罐头，最喜欢的是梅林牌的红烧扣肉和油焖笋。一般罐头都有个罐头味，只有这两样如现烧现炒。

野餐时开罐茄汁沙甸鱼夹面包，是儿时难忘的印象。其实沙甸鱼罐头很容易吃腻，吞一两条后就放下。吃不完最好是放在冰箱里，第二天用小红葱爆香，淋上蒜泥、辣椒酱，亦是美味。通常我只喜欢挪威出产的小罐沙甸鱼，浸以橄榄油，中间有颗指天椒，不要小看它，这小家伙把鱼的腥味去尽。

罐头是平民化的食品，价钱一贵就失去它的意义。小时吃车轮牌鲍鱼并非大事，记得常是一个大的配上一个小的，母亲用筷子插着后者让我生啃，现在想起都流口水。只是目前一罐已卖像天文数字那么高的价位，已无好感。

以前的日本螃蟹罐头也便宜，招待洋朋友，把牛油果剖成两半，取出巨核，填以罐头螃蟹肉，挤点柠檬，再滴他巴斯叩牌辣椒汁，他们吃了没有一个不赞好。

有时候懒起来，就开罐狄蒙尔的奶油粟米，再加一罐梅李牌的小香肠（鸡尾酒用的那种），一餐很容易就解决了。台湾名菜"瓜仔鸡窝"用的酱瓜只有日光牌最好。做法简单，把鸡斩块后和罐头瓜一起放入火锅中煮，其他牌子的一煮就烂，日光牌越煮越脆，越煮越入味。吃剩的瓜第二天再烧，汤比首次做的还要鲜甜。

回到学生年代，老师赶鸭子般地带我们去参观杨协成罐头厂。给我们讲解的是个三十岁左右，当时我们认为"老"的职员。他身材矮小，略胖，不喝酒也满脸通红。我们看的是咖喱鸡的制造过程：大锅煮好，入罐、上盖、密封，然后放入压力炉中以高温蒸之杀菌。老职员说："做罐头，不能用普通的鸡，它们一经过压力炉就烂了，用的肉要越硬越好。各位记得，一定要用像我一样老的鸡！母的更好！"

肉骨茶

第一次尝试"肉骨茶"的人一定讶然地问:"怎么只是排骨汤,没有茶?"

肉骨茶的吃法,是汤归汤,喝完了才饮茶的。

此种食物在星马一带非常流行,吃肉骨茶时还来一碗白饭,香港人多数不吃,最多来一碟油炸鬼,浸着汤咽下。

香港有些卖马来西亚食品的店铺,或是酒店咖啡厅东南亚部分的餐牌上有肉骨茶,但是上桌一看,用的酱油已经不对,从来没有正宗的。

地道的肉骨茶档设于咖啡店中,每一张桌子旁边有一个煤气火炉,烧着水。侍者先将工夫茶具奉上,另有一小纸包的铁观音。

由客人自提滚水来沏茶,先喝两杯,清洗肠胃,小碗的排骨茶便上桌。碗中有三两块排骨,手指般粗。

喝一口汤,感觉大蒜味、当归味、八角味、甘草味、辣椒味和酱油味很浓,这便是肉骨茶了。

不喜欢吃排骨的人可点猪尾或猪杂，猪肝和猪腰的价钱比排骨贵，近来大家怕胆固醇，已不太敢吃内脏。

蘸肉吃的是白油，所谓的生抽；或是黑油，浓到极点的老抽，带焦糖甜味，似旧时的珠油。另有大量的红辣椒丝任君自取。汤可以免费添加。

新加坡有家叫"黄亚细"的，是从前开在新世界后面的老铺搬过来的。客人一早坐在凤凰树下喝肉骨茶，味道和情调是一流的，尤其是露天可以抽烟，更是一乐也。

吉隆坡的 Imbi Road（燕美路）上也有数档闻名的肉骨茶，其甘草味极浓，并非我喜欢的。

新兴的肉骨茶用砂煲上桌，除排骨之外还加了海参和腐竹等食材，大受欢迎。现在变本加厉地，又加鱼翅、鲍鱼或其他海鲜，称为港式肉骨茶。星马一带，凡是用价格高昂的食材的菜都叫港式，香港人真是腐败。

要吃真正的肉骨茶，便要到巴生去。

巴生镇距离吉隆坡半小时至四十五分钟的车程，是一个港口。

民生朴实简单。巴生靠海，有个叫海南村的地方，以吃海鲜著名。

但是巴生人最钟爱的还是肉骨茶。整个巴生，单单是肉骨茶档，已有两百间以上。

根据调查，巴生是马来西亚吃猪肉吃得最多的地方，当地人患心脏病的也较其他地方多，不过他们病归病，每天还是吃肉骨茶当早餐。

每一个巴生人都有他们喜欢的肉骨茶档，大家互相推荐做得最好的一家。吃东西是主观的，他们认为最好的，并不一定合我口味。

我最喜欢的是桥底大街的 Jalan Basar，俗称马来街的"德地肉骨茶"。

"德地"并没有招牌，总之客人最多的那家就是。店铺挤满客人之后，在横巷上还摆着数张桌子营业。巷子里还有很多印度人的咖啡锅。

一进门可看到两个大铁锅，年迈的主人李先生从锅中取出猪肉，一块块斩开后放进小碗，加上汤，由他的几个儿子拿到客人面前放下，服务至此为止。

要拿茶具和滚水，客人得自己动手。店内在石地上摆着三四个大铁壶，用炭炉烧着开水，要很小心行走，不然随时随地都会被烫伤。

这家店高傲到桌子上不放酱油，也没有辣椒丝或胡椒粉。他们标榜原汁原味，加什么酱油？

据说所有的肉骨茶发源自这家店铺，老主人已是第三代，他的三个兄弟各自开了一家，但味道当然没有"德地"的好。

忍不住，先喝一口汤。

啊，除了肉香，完全没有其他味道。所谓没有其他味道，是你吃不出大蒜、八角、当归、胡椒或酱油味。这些配料都有强烈的个性，时常喧宾夺主。但"德地"的汤，就是肉骨味罢了，香甜无比，是天下绝品。

客人再要汤，店主不给，一锅肉就煮那么多汤，要汤的话，得再买一碗肉骨茶。但每碗也公道地卖四块马币，合十二块港币，小碗的只卖两块二毛马币，合六块六港币。

他们一天煮三大锅猪肉，共一百斤。周末卖多一锅，从早上七点做生意，到晚上十点多十一点已沽清。一年三百六十五天，只休息农历年的三日，已赚个满钵。主人一有钱即刻买地，是个千万富翁，每天辛勤地用木炭煮他的肉骨茶。

常来的客人之中有个开电器店的大老板，说要免费为他们装抽气机。主人摇摇头："大家一舒服坐久了，反而阻碍做生意。"

有人问道："你怎么不多煮几锅？"

"够了。多做分神，没那么好吃。"他回答。

"怎么不考虑把专利卖给别人，开大型连锁店？"

"分店一开，水平就变普通，要做就要做得精，得每天学。"主人笑眯眯地指着门面帮手的几个儿子，"他们几个的功夫都还没学到家，开分店，我卖他个什么专利？"

青菜落

在星马，问女朋友："要吃什么？"

"青菜。"她们回答。

天下女人都一样，不爱做决定。

青菜是什么菜？青菜不是菜，是"随便"的意思，出自何典，听过的，已忘记。但写作态度应该严谨，上网查，也查不到，只有算了，请阅读过这篇文章的朋友指正。

有一种南洋人喜爱的食物，是虾毛酿成的，名字很好记，叫"青菜落"，应该是马来语或菲律宾语，用罗马字写成是Chinchalor。

通常装进一个像Heniz（亨氏）番茄酱的玻璃瓶里。说到这个瓶子，原来的设计被抄袭了又抄袭，实在是经典之作，线条美得不得了。

透过玻璃，我们可以看到里面的粉红色东西。仔细观察，还有小黑点，都是两点并排的，是小虾的眼睛。

"青菜落"就是用成千上万的小虾制成的。为了防腐，放大量的盐，发酵后有咸鱼的味道。

吃就是吃这种霉味了，不然吃百分百的纯盐好了。喜欢的人认为很香，洋人就掩着鼻子逃之夭夭。原始的"青菜落"用回收的玻璃瓶装，土制一个铁盖封住。盖子往往不稳，漏出虾浆来。漏得少，抹一抹算了；漏得多，整间屋子都充满腥气。

因为它装入瓶中后还不停地发酵，最好先冷藏再开盖，或小心放了气再开，不然会喷得你一身的。

吃"青菜落"有秘诀，那就是要先将几颗红葱头，香港人叫作干葱的切成薄片，然后微微地撒上糖，再挤一个叫Calamansi（酸橙）的小绿色酸甜汁上去，中和了咸味，才最好吃。Calamansi是星马和菲律宾的特产，连泰国也不生长，香港难找，可用普通柠檬代替。

当今交通方便，"青菜落"已卖到印尼杂货店，高级超市也有出售，用来蒸五花腩片，更是一流。

薄饼吃法

　　泉州薄饼，最具代表性。泉州当年是世界最大的海港，为海上丝绸之路的出发点，到了元代，更与欧亚非一百多个国家有海上贸易往来，阿拉伯人、印度人、中东人、欧洲人，都成为泉州的居民。

　　所以泉州的薄饼，除基本的五辛之外，加上红萝卜的维生素、荷兰豆的叶绿素、生蚝的钙与锌、豆干的蛋白、浒苔的钾、香菜的治高血压和花生的营养。

　　这都是贸易交流的成果，花生来自菲律宾，而荷兰豆，也许是荷兰人带来的。薄饼的做法是把蛋丝、高丽菜、红萝卜、豆芽、韭菜、豆干、芹菜等分别炒好，另放肉丝、花生糖碎、芫荽等各种五颜六色的馅料，一盘盘装着，任由食者取块薄饼皮——包之。

　　这种传统来到台南，就成了台南薄饼，而台北薄饼则是厦门式的：花生粉中没放糖，各种食材炒成一大锅，汤汁淋漓，舀取得用两个调羹互压，把多余的汤汁滤干，才不会把皮浸破。南洋薄饼，也承继了这个传统。

但是没有调味，始终不够复杂，南洋人会在皮上涂一茶匙甜酱，又因天热，食欲不佳，所以也涂辣椒酱来刺激胃口。尽管各地各异，大家都会涂上大量的大蒜蓉，这一点，倒是在泉州做法中没有提到的。

豪华起来，可不得了，南洋人除了原本的馅，是要加用猪油爆的红葱头碎、鲜虾、腊肠片、黄瓜丝和螃蟹肉的。台湾人则加乌鱼子、皇帝豆、炸香的米粉、油饭、蛋酥等，总之能想到的，都得加进去，但有一天弄到加鹅肝酱和鱼子酱，那就是堕落了。

最大的不同，是台湾薄饼放很多糖，南洋人吃起来很不习惯，但你是什么地方人就适合什么口味，不能互相指责。

快要失传的是吃法了，包时留下一个缺口，把汤汁倒进去，馅才润，皮又不破，应该是最正宗的。

炒糕粿

在香港只剩下一两家可以吃到的，是"炒糕粿"。糕粿是将白米打成浆，放进锅中，再用蒸笼蒸熟，待其成型，最后切成小块而成，每块的大小，像半个旧火柴盒。

炒糕粿时，一定要用一个平底锅，像煎蚝烙那一种。猪油放入锅中，待油冒烟，加糕粿，待煎得一面略焦，翻之，得仔细地煎完四面，不可粗心。之后放鱼露待其咸，加黑酱油取其甜。味调好，就能打蛋进去，最后加韭菜，兜一兜，即成。这是最普通、最地道的潮州吃法。汕头人的生活水准比府城人的提高了，就要加鲜虾、猪肝、生蚝等昂贵的食材了。

炒完的糕粿外脆内软，口味重的话，不够咸的话可加鱼露，不够甜则请店家给你多加一点黑酱油，加上蛋香、猪油香，细嚼之下，满腔甜汁，忽然咬到爽脆的口感，是刚炸好的猪油渣，这碟糕粿能让你上瘾，一碟未吃完，忍不住叫第二碟。当今到维多利亚街市二楼的熟食中心里的"曾记粿品"还能找到，其余有卖此物的摊口，有待各位的介绍了。

　　"咦，卖南洋食物的店里，不都有炒糕粿这道菜吗？"一些友人向我这么说。

　　不错，但是他们用的，是萝卜糕，而且只是炒，不是先煎后炒，通常搞得一塌糊涂，看到样子就不想吃了。

　　有些潮州馆子也说有，叫了拿出来一看，竟然像干炒牛河。我想师傅连炒糕粿是什么东西也不知道，当然也没吃过。

　　如今，新加坡或马来西亚小镇还有一些小档有卖，就算到汕头或府城去找，也没有我们小时吃的那么美味了。

汽酒

当人生进入另一个阶段，已不能像年轻时喝得那么凶。汽酒，似乎是一个很好的选择。香槟固佳，但就算最好的Krug（库克）或Dom Perignon（唐·培里侬），那种酸性也不是人人接受得了的。

当今我吃西餐时，爱喝一种专家认为不入流的汽酒，那就是意大利阿斯蒂（Asti）地区的玛丝嘉桃（Moscato）了。

Moscato又叫Muscat、Muscadel和Moscatel，是一种极甜的白葡萄，酿出来的酒精成分虽不高，通常在五六度左右，但是充满花香，带着微甜，百喝不厌。

年份佳的香槟愈藏愈有价值，但玛丝嘉桃是喝新鲜的，若不在停止发酵时加酒精，最多也只能保存五年，所以专家们歧视，价钱也卖不高。

通常当饭后酒喝，我却是一顿西餐，从头喝到尾。我不欣赏红白餐酒的酸性，除非是陈年佳酿，喝不下去，一见什么加州餐酒，即逃之夭夭。

　　啤酒喝了频上洗手间，烈酒则只能浅尝，玛丝嘉桃可以一直陪着我，喝上一瓶也只是微醺，是个良伴。

　　女士们一喝就上瘾，但也不可轻视，还是会醉人，我通常会事先警告她们。

　　近来和查先生吃饭，老人家也爱上了这种酒，虽有汽，但不会像香槟那么多，喝了也不会打嗝。

　　已经有不少人开始欣赏，在大众化的酒庄也能找到。牌子很杂，可以一一比较后选你中意的。为了这种伴侣，我专程到Piemonte（皮埃蒙特）的Asti（阿斯蒂）区去寻找，叫Vigneto Gallina的最好，商标上画着一只犀牛。

　　各位有兴趣，不妨一试。

豪气

另一瓶甜甜的，喝多了醉人的酒，就是中国的"桂花陈酒"了。

什么？才卖几十块港币一瓶？很多朋友都不相信那么便宜，觉得那么美味的酒，不可能只是这个价钱。

我上"鹿鸣春"吃饭，最喜欢点。钱是另一个问题，主要是和鲁菜配合得极佳。夏天到了，加些冰块，再贵的洋酒也比不上，莫谈那数万元一瓶的陈年茅台了。

最初接触，是十一二岁时的事。小孩子喝不醉，妈妈也没有阻止过我多添几杯，喝至那种轻飘飘的感觉，记忆犹新。

这酒已有两千多年的酿造历史，从前老百姓是喝不到的，因为只有深宫禁苑中才有。新中国成立后把秘方拿出来，交给北京葡萄酒厂，用含糖度十八度以上的白葡萄为原料，配以江苏省吴县（1995年撤销）的桂花，同时加被乾隆皇帝称为"天下第一泉"的玉泉山水酿制。

当今大量生产，色泽金黄，晶莹明澈，香气扑鼻，在海内外的酒会中都得过不少的奖。

　　好酒并不一定是贵的，在北京喝的二锅头，便宜得没有人去做，也是吃京菜时必备的。上一篇文章提到的意大利的玛丝嘉桃，一瓶才二百港币左右，不逊于万元的名牌香槟。

　　饮者方知，酒除了味道，还需要一份豪气，一喝千斗，才算过瘾。起初浅尝，遇到知己，便来牛饮。

　　几万到数十万一瓶的名牌酒，能那么喝的话，我也接受。不然，快点站到一边去。

快乐的水

吃意大利菜时，别人白酒餐酒红酒，我却独爱饮一种叫Grappa的烈酒，整顿饭从头到尾，喝个不停。

"那是一种餐后酒呀。"守吃饭规则的人说。

我才不管那么多，自己喜欢就是。三杯下肚，人就快活了起来。Grappa不像白兰地、威士忌，至今还没有中文名，我把它音译为"果乐葩"，又叫它"快乐的水"。

写过一篇关于此酒的专栏，接到一位意大利小姐Renza的电话，她通过"义生洋行"找到我，说一口标准的国语，想约见面。

我也好奇。遇到时她说："我代表一家叫Alexander的公司，这个叫Bottega的家族专做Grappa，我很喜欢你翻译的名字，向我的老板山度士说了，他派我来邀请你到我们的酒庄。"

　　原来此姝在北京留过学，当今负责该公司的外联工作。我对她说："啊，Alexander Grappa，我知道，玻璃瓶中有一串玻璃葡萄，是不是？"

　　这酒厂的产品在国际机场中的免税店出售，瓶中的花样，除了葡萄之外还有种种的造型，像艺术品，给人留下深刻的印象。

　　"你开朗的个性和山度士很相像，你们会一见如故的。"她说。

　　刚好，我有一个旅行团到庞马区吃火腿和芝士，就顺道到Bottega酒庄一游。我们两个人见面，果然如她所说。意大利人热情，他像亲兄弟一样拥抱起我来。

　　在一间露天的餐厅里，山度士把酒一瓶又一瓶拿出来。加上永远吃不完的食物，当天酒醉饭饱，山度士还不让我们休息，带我们去他的玻璃厂看看。

　　其实工厂和酒庄离威尼斯很近，只有四十多公里，也承继了威尼斯做玻璃的传统。请了一批著名的Murano（穆拉诺岛）工匠在他的工厂大制Alexander瓶子。

　　以为把一串玻璃葡萄放入瓶中，是一件难事，看后才知奥妙，原来工匠先用烧红的硅吹出一个个的小泡泡，像串葡萄，然后放进一个没有底的酒瓶中，趁热时连接在瓶壁，最后才封上瓶底，大功告成。虽说简单，但一个瓶子从开始到完成，也得花四十五分钟左右，都由人手制作，永不靠机器，所以每一串葡萄的形状都不一样。

工匠表演得兴起，再把玻璃液沾上红色，捏成一片片的花瓣，再组成一朵玫瑰，又连接在瓶中，众人看了都拍掌称好。

山度士这次又来到亚洲，带了很多酒和饮食界的友人分享。没有喝过的人问他最基本的问题："什么叫果乐葩？"

"一般人的印象，果乐葩是由废物酿成。是的，的确是废物，用的是葡萄的皮。大家都以为葡萄汁和葡萄肉最好，但我们知道，所有果实的皮是最香的，而且不管是汁、是肉或是皮，混成制酒的葡萄浆，是一样的，最后蒸馏出来的烈酒都相同，只是果乐葩全用皮，香味更重。"

"别的国家没有果乐葩吗？"有人问。

"意大利在一五七六年定下的法律，非常严格地管制，只可以用意大利生产的葡萄，在意大利酿制，才可以叫果乐葩。"

"果乐葩有什么好？"香港人一向最关心的问题。

"啊。"山度士笑了，"第一，它是抗忧郁的，喝一小杯，你就快乐，像蔡先生所说，是种快乐酒。第二，它能抗坏的胆固醇。第三，它防心脏病。第四，可预防胆结石。第五，它帮助消化。第六，一大杯果乐葩，比一小杯果汁的卡路里低许多。第七……"山度士滔滔不绝地讲下去，我在他背上一按，他停了下来。

　　事前，山度士向我说："我们意大利人一开口，就说个不停，你听到我说多了，就在我背上一按好了。"

　　我们这次试过 Alexander 厂的大部分产品，先从汽酒开始，Prosecco（普西哥，白葡萄品种）的和香槟相似，Moscato（莫斯卡托，白葡萄品种）的带甜，是我上次到意大利时喝上瘾的甜汽酒，酒精度只有六度，另有一种粉红色汽酒。山度士说所赚的钱，都捐给乳癌基金会。

　　接着是果乐葩，Prosecco 和 Moscato 味，以及藏入烧焦木桶的 Fume（烟熏）果乐葩，酒精度在三十八度。大家都发现这是一种非常适合中国人喝的酒，强度有如中国白酒，香味更浓，而且，喝醉了，不会像白酒那样，臭个三天。

　　"还是没有白酒厉害。"有些人说。

　　山度士又再拿出一瓶白金牌，叫 Alexander Platinum，酒精度六十度，问你厉不厉害。我们逐一试去，最后结论是酒精度愈强的果乐葩愈好喝。

　　也非一味是烈，山度士说果乐葩很好玩，可剥意大利柠檬的皮，做柠檬酒，制成柠檬雪糕和沙葩最佳，名叫 Limoncino。另一种 Gianduia，用榛子浆和巧克力制成，是做蛋糕的好配料。Fior Di Latte 则为白巧克力酒，而 Rosolio 有浓厚的玫瑰味。

最后，山度士拿出一瓶香水，原来只是把果乐葩放进精制的香水瓶里，往身上一喷，说："和女朋友幽会，回家前洒一洒，可以消除女人的体香。"

大家都笑个不停，这笑话并非佳作，那是果乐葩的效应。

讚美相愛
也讚美分離

對後
入座

穿暖吃飽

暗淡藍點
卜爾薩根
壬寅知弥

太空浩瀚
歲月悠長
我始終
樂於和她
分享同
一顆行星
和同一個
時代

此情可待
成追憶

爱到吃进肚

　　第一次闻到玫瑰，我深受吸引，今生今世，再也不会忘记那如糖似蜜的香味。

　　玫瑰的美容产品自古以来有口红、胭脂、粉饼、乳液、肥皂，等等，新发展的是洗头液、护发膏、润肤膏和香薰油。

　　最爱玫瑰的是英国人吧，他们的后花园一定种满这种植物。靠接枝，栽培出许多新品种，大大小小、各种颜色的玫瑰，数之不尽。

　　但很多人不知道，更喜欢玫瑰的是中东人，他们爱玫瑰，爱到要把玫瑰吃进肚。古代波斯已有玫瑰的食谱，主要是用在甜品上面，玫瑰花蜜糖、花生糖、巧克力、优格糖、蜜枣，等等，数之不尽。

　　中东地广，有很多不受污染的空间，种出无数的玫瑰，盛放时简直是一个花海。

　　当然可以放心食之。最近也有很多中东甜品店在香港卖玫瑰巧克力，有的加了奶，有的又黑又苦，有的如糖似蜜，但为了减肥人士，他们也制造了放盐的巧克力。

印度人也极爱玫瑰。印度人工低微，花也价贱，我曾经花二十块美金买到上千朵玫瑰，真是痛快。

饮品中有种酸乳，叫 Lassi（印度拉西酸奶），加上玫瑰糖浆，呈粉红色，是我最爱喝的。日前到印度餐厅，叫了一杯，看侍者拿出来的糖浆，装在大瓶啤酒的玻璃瓶中，仔细观察其商标，有朵玫瑰花，写着 Rose Blend（混合玫瑰酱），从一九三五创业的，原来是新加坡产品。

记得小时，印度小贩刨了冰，用双手捏成一个球，用支铁钉在这瓶糖浆的盖上钉了一个洞，滴出糖液在冰球上。就那么吃，什么料也没有，已觉得是仙人食品。

糖浆后面的食谱印着可以做玫瑰牛奶、玫瑰苏打、玫瑰大菜糕等，在重庆大厦中的印度杂货店能买到。

寒夜饮品

身体外面温暖，五脏还是寒冷。

一连沏三盅茶：普洱、铁观音和八宝茶。普洱一饼从数十元到几万元。我认为一斤三百元的就很有水平。一斤可以喝一个月，平均一天十元，也不能算贵。

铁观音也没有什么准则，到相熟的茶行买好了，他们会介绍你一种又便宜又好的。太贵的茶，喝上瘾了，上餐厅时就嫌这嫌那，不是一件好事。

八宝茶不算是茶，只是种饮品，求胃口的变化而已。包装的，一包里面有菊花、绿茶、红枣、枸杞、桂圆、葡萄、银耳和冰糖，故称八宝。我总是认为太甜，茶味不足。打开包装袋，把几大颗冰糖扔掉，又加了一撮其他茶叶，沏出来的味佳。

普洱喝多了没事，铁观音和绿茶喝多了伤胃，用八宝茶来中和恰好，但甜味留在口腔，总是感觉不对，喝口汤更妙。

最佳选择是日本北海道产的Tororo昆布汁。

由海带做的。制作过程我参观过，是把一片很厚的海带放在桌上，员工以利刃刮之，刮出一丝一丝，像棉花又似肉松的东西来。旧时按发音写成"薯蓣"，是把山药磨成糊状的意思，磨得黏黏的，样子很恐怖。

当今卖的"薯蓣昆布汁"很方便食用，把锡纸撕开，里面有个塑料小碟，装着一小方块凝固在一起的海带丝，另有一小包所谓的调味品，说是用木鱼熬制的，其实味精居多。

把这两样东西放在碗里，注入滚水即成。我认为碗大装的水太多味太淡，放进茶杯刚好，喝起来口感软绵绵、润滑滑的。有些人不喜欢这种感觉，我无所谓，但只限于海带汤，用山药磨出来的那种，就受不了了。

普洱茶

翻看杂物，发现家中茶叶有普洱、铁观音、龙井、大红袍、大吉岭、立顿、富逊、静冈绿茶和茶道粉末，加上自己调配的，这一生一世应该饮不完吧。

茶的乐趣，自小养成。家父是茶痴，一早叫我们三兄弟和姐姐到家中花园去，向着花朵，用手指轻弹花瓣上的露水，每人一小碟茶叶，收集之后煮滚沏茶的印象尤深。

家父好友统道叔是位进口洋货的商人，在他的办公室一直有个小火炉和古董茶具用来泡工夫茶。用橄榄核烧成的炭，是在他那里第一次看到。

浓郁的铁观音当然是我最喜爱的。统道叔沏的，哥哥一早空肚喝了一小杯，即刻脸变青，呕得连胆汁都吐出来，我倒若无其事地一杯又一杯。

老人家教道，喝茶喝醉了，什么开水、牛乳、阿华田都解它不了。最好的解茶药，莫过于再喝茶，但是这次要喝的是武夷老岩茶，越老越醇、以茶解茶，是至高的境界。

来到香港，才尝到广东人爱喝的普洱茶，又进入另一层次。初喝普洱，其味淡如水。因为它是完全发酵的茶，入口有一股霉味。台湾人不懂得喝普洱，"洱"字又难念，干脆称之为"臭普茶"。"臭普"，闽南语"发霉"的意思。

普洱茶越泡越浓，但绝不伤胃。去油腻是此茶的特点，吃得太饱，灌入一两杯普洱，舒服到极点。三四个钟头之后，肚子又饿了，可以再进食。

久而久之，喝普洱茶一定喝上瘾。高级一点的普洱茶饼，不但没有霉味，而且润喉，这要亲自体验，不能以文字形容。

想不到在云南生产的普洱，竟在广东发扬光大。普洱唯一的缺点是它不香又不甘，远逊于铁观音。

有鉴于此，我自己调配，加入玫瑰花蕊及药草，消除它的霉味，令其容易入喉。这一来，可引导不嗜茶者入迷，小孩子也能喝得下去。经过这一课，再去喝纯正的普洱，也是好事。能去油腻，倒是不可推翻的事实。

市面上有类似的所谓减肥茶，其实是掺了廉价的番泻叶，喝了有轻微的拉肚子作用，已失去了享受的目的。而且，番泻叶与茶的质量不同，装入罐中，沉淀于底，结果茶是茶，番泻叶是番泻叶，一大把抓了冲来喝，洗手间去个不停，很可怜。

玫瑰花蕊和菊花一样，储存久了会生虫。用玫瑰蕊入茶，要很小心。从产地进货后，要经过三次的焙制，方能消除花中所有幼虫，但是制后须保持花的鲜艳，这也要靠长时间的研究和经验的累积。

一般茶楼中所喝的普洱，品质好不到哪里去，有些还是由泰国进口的当地商人收集来的冲过的旧茶叶，再发酵而成，真是阴功。纯正云南普洱不分贵贱，都有一定水准。

其他茶叶沏后倒入茶杯，过一阵子，由清转浊，尤其是西洋红茶，不到十分钟，清茶成为奶茶般的颜色。

普洱永不变色。茶楼的伙计把最浓的普洱存于一玻璃罐中，称之为"茶胆"，等到闲下来添上滚水再喝，照样新鲜。

在茶庄中买到的普洱，由十几块钱一斤到数百块钱一斤的一个八两茶饼，任君选择。所谓的绝品"宋聘"，百分之九十九是假货，能有"红印"牌的三四十年的旧普洱喝，已很高级。但是普洱是属于大众的日常饮品，太好太醇的茶，每天喝也不过如此。港币一百块一斤，已很不错。平均每一斤可以喝上一个月，每天只不过是三块多钱，比起可乐、七喜，便宜得多。

普洱叶粗，不宜装入小巧的工夫茶壶，经茶盅沏普洱最恰当。普通的茶盅，十几二十块钱一个，即使买民国初年制的，也只不过是一两百块。弄个古雅一点的，每天沏之，眼睛也得到享受。

有许多人不会用茶盅，但原理很简单，胆大心细就是，有过两三次的烫手经验，即毕业。

喝茶还是南方人比较讲究，北方人喝得上龙井，已算及格，他们喜爱的香片，已不能叫作"茶"，普洱更非他们可以了解或欣赏的。

普洱已成为香港的文化，爱喝茶的人，到了欧美，数日不接触普洱，浑身不舒服。我每次出门，必备普洱。吃完来一杯，什么鬼佬垃圾餐都能接受。

移民到国外的人，想起香港，就想喝普洱，普洱好像是他们的亲人。家中没有茶叶的话，一定跑到唐人街去喝上两杯。

到外地拍电影，我的习惯是携一个热水壶，不锈钢做的，里面没有玻璃镜胆，不怕打烂。出门之前放进大量普洱，冲冲水，第一道倒掉，再冲，便可上路。寒冷的雪山中，或酷热的沙漠里，倒出普洱与同事一起喝，才明白什么叫作"分享"。

一次出外忘记带，对普洱的思念也越来越深。幻想下次喝之，必愈泡愈浓，才过瘾。返回香港后果然只喝浓普洱，不浓不快。倒在茶杯中，黑漆漆的。餐厅伙计走过，打趣地问："蔡先生，怎么喝起墨汁来？"谦虚地回答："肚中不够嘛。"

茶在心间

要出远门，当然要准备好茶叶，至于要不要带个茶盅，犹豫了一阵子。

拿个蓝花米通去吧。茶叶铺的老板陈先生说："这种茶盅随时可以买到，打破了也不可惜。"对惯于旅行的人，行李中的每一件物品都计算过，判断是否必需，方携之。沏茶总不会是个问题吧？最后决定，还是放弃了茶盅。

这一来可好，往后的一些日子，这个决定带来许多麻烦，但也有无尽的乐趣。

到达墨西哥，第一件事便是找滚水。我的天，当地人是不用的。他们根本就不喜欢喝茶，只爱咖啡。咖啡并非冲的而是煮的，一锅锅地炮制，便没有多余的滚水了。

滚水的西班牙语是"agua caricante"，"水热"的意思。拼命向人家要"水热""水热"。他们不知道我要"水热"干什么，结果也依了我，跑到厨房去生火，他们没有水壶或水煲，用个煮汤用的锅子，把水煮沸了交给我。

拿到房间把茶叶撒进去，根本谈不上沏茶，简直是煮茶，真是暴殄天物。

对着这锅茶怎么办？也不能把嘴靠近锅边喝，烫死人。只有倒入水杯。"砰"的一声，玻璃杯破了，差点把手割伤。

第二天，忍不住去买了个原始型电水壶，此种简单的电器，墨西哥卖得真贵，三百六十港币。

有了电水壶没有茶壶怎么办？这次不敢直接冲滚水入玻璃杯，但也不能将茶叶扔进电水壶里呀！

想个半天，有了，从行李中拿出一个小热水瓶来，这是我出外景必备的工具。有一次在冰天雪地的韩国雪域山中，梳妆师傅细彭姑爬上雪山时还带着个热水瓶，我嫌她累赘，想不到拍到一半，快冻僵时，她从热水瓶中倒出一杯铁观音来给我，令我感动不已。从此之后，我向她学习，每到外景地前先沏好一壶茶，让最勤快的工作人员欣赏欣赏。

把茶叶放进热水瓶，再将滚水倒进去，用牙刷柄隔着茶叶，第一泡倒掉，再次注入热水。

沏出来的茶很浓，好在用的是普洱，要是铁观音就太苦涩了。饮用时倒进杯中，茶叶渣跟着冲出来，半杯茶水半杯叶，也只有闭着眼睛喝了。

演员跟着来到，先是黎明把我的电热水壶借去泡公仔面。还给我时，叶玉卿又来拿去。这一借，没完了，我也不好意思为了一个小热水壶和人家翻脸，算了，另想办法。

走过一家手工艺品商店，哈哈，被我找到了一个茶壶，画着古印第安人抽象的蓝花，很是悦目，即刻买下来。

再到超级市场去进货，想多买一个热水壶，但是被香港来的工作人员一下子买光。小镇上，再也难找到。

索性全副武装，购入一个电炉，再买个铁底瓷面的锅，一方面可以煮水，一方面又能煮食。

回到小房间，却找不到插座头：灯是壁灯，电风扇挂在天花板上，只有洗手间那个插电须刨子的能够勉强使用。

水快沸，心中大乐，这次只许成功不许失败。把茶叶装入茶壶，注入滚水。

准备好茶杯，倒茶进去。又是半杯茶叶半杯水的一杯茶。原来买的是咖啡壶而不是茶壶。注水口大，没有东西隔着，所以有此现象。

经过几番折腾，后悔当初不把那个茶盅带来，中国人发明的茶盅实在简单方便实用，到现在才知道它的好处。

终于，在五金铺中指手画脚，硬要他们卖给我一小方块铁纱，店员干脆说："不要钱，送给你。"

老大欢喜地把那片铁纱拿回酒店，贴在咖啡壶内注水口上，这一来，才真正地享受到一杯好茶。

在没有喝茶习惯的国家中，我遭了好些罪。上次在西班牙，向他们要滚水的时候，他们把有汽的矿泉水煮给我，泡出来的茶有股亚摩尼亚味，恐怖至极。

之后，我已不要求什么铁观音、普洱，只要有立顿黄色茶包已很满足。没有滚水？好，要杯咖啡，再把三个茶包扔进去浸，来杯"鸳鸯"算了。

我们这次的外景，最大享受是回到旅馆，每个人都把他们的临时泡茶工具拿出来，你沏一杯，我沏一杯，什么茶都不要紧，只要不是咖啡就行。喝入口，比什么陈年白兰地更加美味。

日本的茶道，那不过是依足陆羽的《茶经》去做，很多人骂他们只注重仪式，但也是悠闲生活的一个方面呀！台湾人冲工夫茶更是愈来愈繁复，先用一个竹夹子把小茶盅中的茶叶夹出来，再来个小竹筒盛新茶装入，沏后倒入一大杯，再注入几杯，把空杯闻了一闻，再喝茶。说什么这才是真正的茶道。他们看轻日本人和香港人的喝茶方式，认为台湾产的冻顶乌龙，才真正叫作茶。

茶，要是一定那么喝，已失去茶的意思。

茶，是用来解渴的，用什么方式都不应该介意和歧视。在没有任何沏茶工具之下做出来的茶，才能进入最高的境界。

第四章

逛菜市场是

一件正经事

有一肚子怨气时，
最好是逛菜市场。

砂糖橘

　　有一肚子怨气时，最好是逛菜市场。

　　今天一大早，到了春秧街，看到众人买菜，感到一阵阵的温暖，是由热爱生命的群众发出。这是香港最便宜的菜市场之一。所谓菜市场，不是集中在一间大厦中的，而是摆在道路两旁的菜档、鱼档，顾客人头攒动。

　　最喜欢看人家卖鱼，那么大的一尾剥皮鱼，至少两尺长，也不过卖四十多块钱。这一带福建人多，最爱海产了，其中还夹着几尾亮晶晶的鱼。咦？那不是来自台湾的虱目鱼吗？此鱼骨多，但味道非常鲜美，可请小贩劏了，鱼肚子满是肥膏，用豆豉蒸，不逊于游水海鲜。

　　看见一条不知名的，问小贩："那是什么鱼？"

　　"斑。"对方回答。当今什么鱼，一叫不出名，就是斑。

　　所有鱼类，我最不喜欢的就是石斑，嫌它肉硬，又粗糙，但从前的野生石斑还有点甜味，当今多是饲养，好过吃发泡胶。

　　卖螃蟹的档口也不少，各类蟹，来自越南或老挝。看见小贩把一只蟹的壳用利刃削开，露出全身的红膏来。如果肉蟹和膏蟹给我选，我当然要后者，不管是清蒸或做红鲟饭，都比肉蟹美味。

　　如果嫌贵，可买那壳上有三个斑点的蟹，正是秋天吃的时候，也是全壳膏，肉结实，甚美，价钱便宜得令人发笑。

　　走过水果摊，一盘盘的苹果，红得诱人，才十块钱，而且个个美好，不是卖不出去的。日本人将剩货叠成一个山形，贱价出售，叫作"一山"，如果女儿还嫁不出去，父母亲就会说："要等到变成一山吗？"

　　见砂糖橘已上市，又回忆起苏美璐的小女儿，数年前她们来澳门开画展，我不停地买甜若砂糖的橘子给她吃。一年复一年，我每次见到砂糖橘，就想起她。苏美璐的电邮中说，她已长得亭亭玉立了。

上海菜市场

　　从淮海路的花园酒店出来，往东台路走，见一菜市场，即请司机停下。到任何地方，先逛他们的菜市场，这是我的习惯。

　　菜市场最能反映该地的民生，他们的收入如何，一目了然。聘请工作人员时，要是对方狮子大开口，便能笑着说："依这个数目，可以买一万斤白菜啰。"

　　但是逛菜市场，主要还是爱吃，遇到什么没有尝试过的便买下来。如果餐厅不肯代你烧菜的话，就用随身带的小电煲在酒店房内炮制，其乐无穷。

　　菜市场由自忠路和淡水路组成，面积相当大，至少有数百个档子。

　　蔬菜档中，看到的尽是茭白笋，此物拿来油焖，非常美味，番茄也特别肥大，其他蔬菜就不敢恭维了。上海菜市场的菜，给人一种瘦得可怜的感觉，芹菜瘦、菠菜瘦，苋菜也瘦。

还有数条瘦茄子，已经干瘪，还拿出来卖。冬瓜是广东运来的，一元一斤，冬瓜头没肉，便宜一点卖一元。有新采摘的蒜头出售，买了一斤，一块半。

海鲜档中卖的尽是河产，鲩鱼很多，另外便是齐白石常画的淡水虾。想起从前在一品香吃的虾，口水直流，但现在有的河流被污染，已吃得少了。太小的贝壳类，蛏子居多，蚶子不见有，还有一种像瓜子那样大小的贝壳，在台湾时听人叫海瓜子，但大得不像瓜子，上海卖的名叫瓜子片，名副其实。

在香港看不到的是比淡水虾粗大，又有硬壳的虾类，上海人叫它为龙虾，但只有手指那么小。想起丰子恺在一篇叫《吃酒》的小品文中提过一个钓虾人的故事："虾这种东西比鱼好得多。鱼，你钓了来，要剖，要洗，要用油盐酱醋来烧，多少麻烦。这虾就便当得多：只要到开水里一煮，就好吃了……"

剖鳝的档子也很多。沪人喜吃鳝，小贩们用灵巧的手法把肉剖好，剩下堆积如山的骨头，大概后来扔掉吧。其实把鳝骨烘干，再油炸一下，香脆无比，是送酒的好菜。

卖鸡的当场替家庭主妇烫好鸡、拔毛。鸭摊就少见，其他种类的家禽也不多。

猪肉摊少，牛羊摊更少，有的肉类不呈鲜红颜色，只能红烧，或者做回锅肉等菜才好吃。

菜市场中夹着些熟食档，上海人的早餐莫过于烧饼油条、油饼、生煎包子和烙饼等。烧饼油条是以一层很厚的饼包着油条，此饼可以放个鸡蛋，包起来时是肿大的一团，油腻腻的，试了一个，一块钱，腹已大胀。当然没有想象中那么好吃。烧饼油条的神话，不过是上海朋友肚子饿时的第一个印象，也是他们的乡愁。

油饼味较佳，用一个煎锅贴的平底锅以油炸之，一层很厚的饼上铺满芝麻，长三角形地切开一块一块，保君吃饱。

生煎包也很美味，至少比在香港餐厅吃的好得多。烙饼贴在一个大泥炉上烤，这个大泥炉就是印度人的丹多里，烙饼这种吃的文化是由那边传来的吧。

花档全街市只有两家，花的品种也不多。反而是在卖菜的老太婆那里找到了白兰花，两块钱买了四串白兰，每串有三蕊，用铁线钩住，变成个圆扣。研究了一下，才知是用来挂在衬衫上的纽扣上的。花味由下面薰上来，香个整天，这种生活的智慧，香港倒学不会。

扣着白兰花朵到其他摊子看，小贩们见到我这个样子，态度也亲切起来。

远处有人吵架。

"侬是啥人？"有一个人向对方大叫。

对方也说："侬是啥人？"

两个人"侬是啥人"地老半天，重复又重复，中间最多掺杂"侬算是中国人"的字眼。最后演变成："你打我啦！""打"

字沪人发音成"挡",挡来挡去，没有一个动手。要是这种情形发生在广东，那粗口满天飞，还来个什么"侬是啥人"？

到底，上海人还是可爱的。

愉快

阿红的北京好友来香港，相约于"大班楼"吃晚餐。东西好吃，话又对题，她是位老饕，说吃完了这顿满足的晚餐后，翌日想喝茶餐厅的奶茶。

"起得身吗？"我问，"奶茶可得喝上两杯才叫奶茶。"

"有得吃喝，任何时间，任何地点。"她回答。

"那么去九龙城吧！"我又约了叶一南及他的女友一起去，人多才好。

一早，我先去"羊城"斩了一条烧猪骨，再去"澄海老四"要猪头肉和虾卷，走两步到了"元合"买马友鱼饭，最后在菜市场二楼的印尼店，把咖喱牛肉、杂菜和香叶糯米等打包后，拿到三楼的熟食档，摆了一桌。

叶一南已早到，送了我一本他的新书《要省，不如不吃》。接着各人来到，看到了桌上的菜，都"哇"的一声叫出来，我最喜欢听这种感叹声。

"乐园茶餐"的二嫂炒米粉一流，配料有午餐肉和雪里蕻及菜心椰菜，再来一碗汤米粉，里面亦有雪里蕻和沙茶牛肉，简称为"雪牛米"。

隔壁档的"马仔面食"也开了，吃他们的四宝——鱼丸、墨鱼丸、猪肉丸和鱼饺，再来碗云吞和水饺。这一顿，配一杯奶茶是不够的，各人都喝了两杯奶茶。

饱饱，在街市旁边的衙前塱道购物。"金城海味"的货品看得大家眼花缭乱，叶一南也可以找到新食材来做新菜，又到隔壁的"潮发杂货"去，买个不停。

忽然，有人在身后把我抱住，转头一看，不是周润发是谁？

"你这个国际人，不在好莱坞拍戏，回来干什么？"阿红问。

发哥笑而不答，把每一个人都抱了一下，说："国际人，行国际礼。"

还以为是和我们这些相识数十年的老友抱抱，哪知他抱个兴起，连和他打招呼的师奶也抱了。

九龙城街市这个早上，是愉快一天的开始，我要是有忧郁症，不必找心理医生，在这里逛逛，即愈。

大蒜情人

如果食物中少了大蒜，是多么大的一个损失。要是不会欣赏大蒜，那和不懂得喝酒一样，是一个没有颜色的人生。

我一热锅，撒把蒜蓉在油上，空气中已充满蒜味，大师傅形象即刻出现。人们用羡慕的眼光看我："你炒的菜，怎么那么香？"

任何一种形式的大蒜吃法，我都能欣赏。首先是生吃。一瓣瓣细嚼，那种燃烧喉咙的感觉，岂是山葵（Wasabi）能够匹敌？

大蒜炸后用文火煮肥猪肉、鳗鱼等，都是天下美味，就算是用来炖煮很素很素的菠菜，也变成了荤。

炒螃蟹更少不了蒜蓉。日本人最怕大蒜味，但是他们的铁板烧没有了蒜片，怎么做也做不好。

吃白切肉时，酱料中加了蒜蓉，连无辣不欢的四川人也能满足。

台湾菜有酱油膏，用来蘸猪肺或者绿竹，也非加蒜蓉不可。

　　问题出在大蒜的臭味，吃完之后从口中喷出来的味道，要命地臭。

　　这都是相对的，没有臭就显不出香蒜头是先香后臭，榴梿则是先臭后香。都是王者。

　　为了旁人着想，我每次看到蒜头食物，都犹豫一阵子：吃还是不吃？

　　吃了有什么办法除臭？相传是喝牛奶、浓茶，但都是道听途说，没有用的，如果谁能发明除大蒜臭的方法，即可得诺贝尔奖奖金。

　　无臭大蒜，种是种了出来，但这简直是亵渎神明。

　　最后的解决方法：到韩国去吧！

　　一踏入韩国，大蒜味已在空中飘浮，几乎没有一种食物不含大蒜，再也不必避忌。蒜痴同党，一起上路，到大蒜天堂去！

早餐之都

　　我们在武汉好像不停地在吃。和张庆的朋友们跑到东湖。杭州有西湖，武汉有东湖，东湖的面积，比西湖大个十倍。我们就在湖边烧火饮茶，颇有古风。

　　湖的周围兴起了好几间农家菜式的土餐厅，用湖中捕捞到的鱼，做出来的菜并不出色。如果有哪位湖北人脑子一动，到顺德、东莞等地请几位师傅来，把鲤鱼、乌贼、鲩鱼和鲶鱼的蒸、煎、焗、煮变化了又变化，一定会让客人吃到前所未有的惊喜，反正菜料是一样的，何乐不为？

　　饭后到崇文书城去做读者见面会。地方大得不得了，武汉看书的人非常多。问他们的电视节目有没有比湖南卫视做得好，大家都摇头，说喜欢看书，多过看电视。

　　书店经理熊芳说，这次参加签售会的人数，比历来的都多。我庆幸自己是一个不严肃的"纯文学"人，吊儿郎当，快快乐乐。

　　为什么武汉人不爱看电视，到了武汉大学就知道。这个大学之大，简直是一座城市。除了武大还有多所大学。武汉户籍人口有八百万，其中有一百三十万是大学生。武大校园里种满樱花，成为著名景点，中日关系一摩擦，就有愤青说要砍樱花树，好在被同学们喝止了。

我们到达时，和洪山菜薹一样，樱花已经凋谢了。

在大学校园里做的那场演讲，是我很满意的，学生发问踊跃，我的答案得到他们的赞同，大家都满意。

离开之前，张庆带我到"民生甜食店"吃早餐。它当今已成为连锁，但这家总店是比较正宗的，最靠近原味的。

印象最深刻的菜单叫豆皮。用大米和绿豆磨成浆，在平底大锅中烫成一张皮，铺上一层糯米饭，撒卤水肥肉丁，将皮一翻，下猪油，煎熟后用壳（当今改用薄碟和锅铲）切块。早年不用鸡蛋，生活好转后再加的。我怕这种手艺失传，把过程用视频拍下，上传了微博，留下一个记录。

同样拍下来的还有糊米酒。锅中煮热了酒糟，在锅边用糯米团拉成长条贴上，烙熟，再用碟边一小段一小段切开，推入热酒中煮熟。味道虽甜，但十分之特别。即使不嗜甜的人都会爱吃。另有一种叫蛋酒的，异曲同工。

其他典型的地道早餐，有重卤烧梅。烧梅，就是我们的烧卖，糅合了糯米、肉丁和大量的猪油。另有灌汤蒸饺、生煎包子、红豆稀饭和鸡冠饺。鸡冠饺其实就是武汉人的炸油条，炸成半圆月形，又说似鸡冠，薄薄的，个头蛮大，像饼多过像鸡冠，内里肉末极少，这才适合武汉人的口味。

北京叫首都，上海叫魔都，长沙叫脚都，武汉本来可以叫大学之都。当今大家生活水平提高，都懒于吃早餐，武汉还能保留这一文化传统，而且重视之，当成过年那么重要，这叫为"过早"。所以，武汉应该叫为"早餐之都"吧。

客家菜单

走进天水围的天慈商场，听说里面有家叫"客家好府"的菜不错，试一试。倪大嫂一直想吃一顿好的客家菜，一定让她达到这个目的，下次苏美璐来也可以请她。

迎来的是老板钟伟雄，五十岁左右的人，自我介绍道："家父是钟绍基，别名盐鸡钟。"

想起来了："啊，在泉章居吃过他老人家的菜。你有没有学过几手？"

"当然有机会。"他说完泡了壶好茶。

看桌上的餐牌，有煎鲮鱼饼、姜鱼云煲、梅子骨和豉椒鹅肠等所谓客家小菜，甚至有鱼香茄子等四川菜、菠萝咕噜肉等粤菜和潮汕萝卜糕等潮州菜呢。没什么特别的，只叫了点心煎艾饼和蒸茶果。

"有生意，只有变化多客人才不会吃厌。"钟伟雄解释，"如果店开在尖沙咀或铜锣湾，就可以专做客家菜了，那边人才够多。"

点心上桌，试了几口，虽然有客家味，但又甜又咸的茶果，在别的茶楼难以吃到。

"推荐一些小菜吧。"我说，"多一点不要紧，吃不完打包。"

钟伟雄抓抓头，为我点了翅汤鱼腐、芥蓝炒鲮鱼球和煎焗酿豆腐。味道还不错，但并非我心目中的客家菜。

"你们的菜，讲究准备功夫，我临时来，没什么要求。"我说，"这样吧，我们一起研究一张菜单，定好什么时候来吃，你说怎样？"

钟伟雄说："好呀，好呀，我还有一个更好的主意，这家店新开张，请了客家村中的父老，有一张菜单非常正宗，我在计算机里替你找出来，让你看看。"

一听大喜："再好不过了。"

菜单打印出来，写着："白灼新鲜猪腰，原煲生熟地、犀牛皮、土茯苓、蜜枣、猪横、唐排老火汤，叔婆煎酿豆腐，客家炸大肠，惠州梅菜扣肉，瑶柱鱼肚杞子浸枸杞菜，咸腿蒸大海红东星斑，古法新鲜盐焗鸡连内脏，原煲瓦丝苗白饭跟烧猪油，桑寄生桂圆莲子蛋茶，蒸客家咸甜茶果，敬送环球鲜果盆。"

"不错，不错。"我说，"不过刚才试过你们的煎酿豆腐，觉得豆腐那么一煎，就没有原汁原味地煮或蒸好吃。"

"好。"他把这一项删掉，写成"蒸"，"我们的酿豆腐跟足古法。"

"有没有加咸鱼？"

"岂止咸鱼。还有剁碎虾干壳，另有冬菇蓉，比例和古法一模一样。"

"但是从前的咸鱼香，现在的不同了，可不可以多加一点分量？"我建议。

"行。除了豆腐，配上酿凉瓜。"

"白灼腰，始终像广东菜，有独特的客家做法吗？"

他大笔一挥："改成炸腰肝卷吧。"

"什么皮？"

"腐皮。"

"古法是猪网油包的呀。"我指出。

"好，就那么办。"

"还有什么菜，是你小时吃过的？"我追问。

钟伟雄又抓抓头想不出。后来大力拍腿，说："有种叫冬瓜封的，用腌制的冬瓜来做。"

"妙，妙。"我说，"我试过，的确是罕有的食材。还有呢？你们的汤，用大量黄豆去煲，是客家代表菜呀。"

"对。别喝什么广东人的生熟地滚汤了，不如来西施骨凉瓜咸菜煲。"他又删掉一项。

"这样吧。酿豆腐别煎也别蒸，就用这个汤来煮。"

"就那么办！"他说完看看原来的菜单，"盐焗鸡、梅菜扣肉可以保留吧？炸大肠你怕不怕肥？"

"保留。"我说，"那是你们最基本的菜，令尊的盐焗鸡又做得那么出名，你应该有三两下散手。炸大肠我当然不怕，不过太单调，可以配你们客家人拿手的炸芋卷。说到芋头，你会不会做芋丸？"

"没学过。"他坦白地说，"不过我会做萝卜丸。"

听了又像见到老朋友，大声叫好，贪心地说："还有呢，别忘记了酒，客家人的红米酒一流。说到酒，我想起酒糟菜来，酒糟鸡太普通，有什么可做？"

"来个酒糟炒肚尖吧。"他又在纸上加上，又说，"刚才删掉了白灼腰，现在可以用老酒煮猪杂来代替。"

"好一个老酒煮猪杂！"我大叫。

钟伟雄兴奋起来："桑寄生桂圆莲子蛋茶也改成番薯糖水吧，加酒，这么一来，菜单有九成是最地道的客家菜了。"

"还有什么不是呢？"

"还有那道瑶柱鱼肚杞子浸枸杞菜，广东菜也有。"

"那就干脆删掉。"

"没有菜，尽是肉，要不要紧？"

"有什么要紧，不过连蒸东星斑也删了吧。谁没吃过呢？"

"好。"他赞同，把改得乱七八糟的菜单重新书写一张，打印出来，计有：

炸腰肝卷、萝卜丸、凉瓜咸菜酿豆腐煲、炸大肠并芋卷、梅菜扣肉、盐焗鸡、老酒煮猪杂、酒糟炒肚尖、冬瓜封、瓦煲饭、酒糟番薯糖水、客家咸甜茶果。

"满意吗？"钟伟雄问。

我点头，临行还叮咛："要用猪油，不可用植物油。"

他笑了："你放心。"

护发膏广告

回到香港，在案头坐了两个通宵，一个字也写不出。

"出去吧！"我告诉自己，"到九龙城去，一有生活，就写得出。"

已是早上七点钟，想起曾江和焦姣，他们也属于早起的一辈，即刻打了个电话给他们："十分钟后楼下见。"

曾氏夫妇本来移民新加坡，现在搬了回来，也住九龙城附近。老友见面，十分高兴，曾江是我第一次来香港最先认识的朋友。这句话一讲，四十年矣。

我们三人慢步走到街市，斩些猪头肉拿去三楼熟食档饮茶时吃，再叫了粥面等，是顿很丰富的早餐。

之前我想介绍他们这儿买鱼，那儿买菜，其实曾江早已认识小贩们，粤语残片看得多，大家也认得是他，热情招呼着。

鱼档的太太拿了一尾鲳鱼给我们看，样子可真怪。普通的鲳鱼是四方形的，这只圆得像一面镜子，没有尾巴。

"天生这个样子，不是被大鱼咬掉的，特别好吃。要不要？你一半，我自己留下一半。"卖鱼的太太说。

我们晚上都有应酬，客气地拒绝了。

一面吃东西，一面聊起九龙城。这地方什么东西都有，从幼儿园的制服到棺材，想要什么有什么。住在这附近多方便，吃饭更是没问题。

走过菜摊，老太太看到曾江，说："我比你年轻，但是看起来我比你老很多。"

曾江摸摸头上的黑发。我即刻想到他为那个护发膏拍的电视广告，三十多年前没有经理人这一回事，自己又不懂得交涉，合同也没签就拍了。广告一直播到今天，卖菜的老太太如果有这个印象，一定记得曾江当年的样子吧？

糖斋

　　冯康侯老师生前很喜欢吃甜，后来干脆把书房改了一个名字，称之"糖斋"。

　　通常好酒嗜烟的人，对甜的东西一定没有好感。冯老师那时候已经八十岁，酒喝不多，但烟照样抽得很凶。我碰到糖果就皱眉头，为什么老师嗜甜，是我一直不能理解的事。

　　一直没有机会问老人家，只是在外国旅行时总往糖店钻，希望找到一两样老师没有吃过的，带回香港给他试试。如果喜欢，下回才大量购买来孝敬他。

　　"在珠江艇上饮花酒，几兄弟一下子就把一瓶白兰地干了。"老师说道，"每晚，地板上，总躺几个酒瓶尸体。"

　　这种回忆我也拥有。和倪匡、黄霑二兄做《今夜不设防》的节目时，两个钟头下来，三人喝两瓶白兰地亦为常事。

　　黄霑兄已经不喝了，说脚有痛风。倪匡兄虽然宣布自己饮酒的配额已用光，滴酒不沾，但是当我到旧金山去，我们两人还是照喝不误，倪太看在眼里，也不阻止。量，当然大不如前，但啤酒和烈酒一瓶又一瓶。

我一直认为身体中有一个刹车掣，到时候喝了不舒服，就不去勉强自己。酒一少喝，奇怪得很，开始可以接受雪糕。

各种不同的冰激凌，看到了就想吃，尤其爱掺 Baileys 酒（百利甜酒）的，非吃到肚子痛不罢休。

旅行时坐长途巴士，也会从和尚袋中拿出一包包的糖果。太硬的不是很喜欢，嫌它们要嚼个老半天才溶化，把它们当骨头咔嗒咔嗒地咬嚼。最爱吃的是黄砂糖，捡其中黑色的硬粒来咬，小时候不也是这么吃过吗？返璞归真罢了。

渐渐了解冯老师爱糖的心态，他逝世后糖斋没有人承继，由我来延长它吧。老人家曾经写过的糖斋横额，不知落于谁手？今后搜索，找到了可当招牌。这家甜品店，终有一日开张。

薄壳

　　每年到了夏天，是薄壳最肥美的时节。今天到"创发潮州菜馆"吃了，发一张照片上微博，众多反应杀到，说这是福建的海瓜子。

　　应该是不同品种。台湾人叫另一种小贝为海瓜子，宁波产沙筛贝，亦称之。

　　刚好"莆田福建菜"的老板方先生来香港，我打电话询问，他说查清楚了再回复。后来打来，我接听了，说潮州人说的薄壳，是淡水的，福建人的长在海上，所以叫海瓜子，与薄壳不同。

　　明明记得薄壳不是淡水的，虽然当今皆为人工养殖。记得小时听老人家说薄壳生于海流极急之处，水一慢了就长不出，所以很干净。

　　到底海瓜子是不是薄壳？想起张新民，他才是潮州的饮食专家，著有《潮菜天下》一书，即刻查阅，得到了答案。

　　薄壳学名"寻氏短齿蛤"（Brachydontes Senhousei），生于

低潮线附近的泥沙海滩上，个体虽小，产量极大，为饶平重要的养殖业之一，那边有一望无际数百万亩的薄壳场。

早在清朝嘉庆年间已有文字记载，《澄海县志》中："薄壳，聚房生海泥中，百十相黏，形似凤眼，壳青色而薄，一名凤眼蚬，夏月出佳，至秋味渐瘠。邑亦有薄壳场，其业与蚶场类。"

一般人在市面上看到的薄壳，都是一串串的，长在麻绳上的小贝，布满泥，以为是淡水养殖，照古籍，证实是海产。

而福建也有，新民兄的当地友人请他吃过，炒时加了糖和酒。潮州人和福建人移民到南洋的居多，思乡想吃此物，也从潮州请了专家去教导养殖，所以我小时也吃过一些。当今星马应该绝种了，泰国还有人养。

我家的吃法，是买了薄壳，妈妈到杂货店去，要一些酸菜汁，店里的人从酸菜缸中淘出一包送之，又买了金不换（九层塔或罗勒），和大蒜泥及辣椒丝一块炒，才入味。要是用盐，盐还来不及溶化，薄壳就已熟，打开，味就差了。

享受这道菜，是碗底剩下的汤汁，没有其他海产比它更鲜甜的了。

鲱鱼的味道

有一则外电新闻，说荷兰人看到法国人推销"宝血丽"新酒成功，自己发明了卖新鲜的鲱鱼（herring），六月底发售，成为时尚。

荷兰人真的很爱吃鲱鱼，街头巷尾各有一档。客人站着，向小贩要了一客，拿起来，抬高头，整尾吃下去，而且是生的。

其实这只是一个印象，真正的荷兰鲱鱼，炮制发酵过，并非全生。吃时拌着洋葱碎。遇到新酿好的，一点也不像想象中那么腥，甜美得要命，不吃过不知其味。

整尾吃，虽然形象极佳，雄起起，像个吞剑士，好看得不得了。但这种吃法，洋葱碎都掉在碟中，没有它来调和，味道逊色得多。

最佳吃法，是请小贩把鱼切成四块，捞起洋葱一起细嚼，才能品尝到它的滋味。而且，一面吃鱼，一面喝烈酒，才过瘾。

酒名 Korenwijn，是用麦芽提炼又提炼，至最强烈状态。无色亦无香，像喝纯酒精。喝的方法也得按照古人，那是用中指、无名指和尾指勾住大啤酒杯的手把，再以拇指和食指抓装着 Korenwijn 的小酒杯，徐徐倒入啤酒之中，再饮之。

这种喝法极难做到，但入乡随俗，可以买大小酒杯各一，在冲凉时练习，等纯熟了，到街上去，以此法喝之，小贩和路过的人，看到了都会拍烂手掌。

基于日本料理世界流行，吃生鱼已不是一件什么新奇事，对荷兰的鲱鱼感兴趣的人愈来愈多，当地人也说那是荷兰寿司（Dutch Sushi），简单明了。

吃鲱鱼时，夹的洋葱，令我回忆起洋葱花。丁雄泉先生的画室中插满这种花，白的红的黄的，一股强烈的洋葱气味，久久不散。

当年常去阿姆斯特丹探望丁雄泉先生，今时他已仙游，我没有什么理由再去。不过，一想起鲱鱼，就怀念他老人家。为了鲱鱼，为了和丁先生一起去看的那棵大树，我还是会重访。

吃虫

读陈南禄新书《写我游情》，有一篇写关于吃虫的很有趣，我也有相同经验。

第一次吃的虫，是广东人叫为"龙蛋"的，其实哪里和龙有关？不过美其名而已，还不是昆虫一只？

那时候年轻，被父母教导说"吃得苦中苦，方为人上人"。把自己当作苦行僧，就什么都敢尝试一下了。

龙蚤味道古怪，但油炸后微焦，咬起来像吃虾饼，比薯仔片美味得多。

后来在日本工作，到一个叫长野县的乡下拍外景，旅馆供应了蜂蛹，用酱油和糖腌制过的，只感觉甜甜的，像在吃糖，不是很特别。

真正享受吃虫，是在墨西哥。那里的人用一个小陶钵，在炭上烧红，放橄榄油、大量大蒜，再把蚂蚁蛋倒进去爆香，即熟。吃进口，香喷喷，天下美味之一。

墨西哥的蚂蚁很大只，蛋当然也大，像一颗颗beluga（鲟鱼）鱼子酱，咬破之后有股香甜的味道溢出，是别的食物中难找的口感。

龙舌酒中浸了一条虫，肥肥大大，咬起来像吃猪油膏。缅甸人也流行吃这种植物中的虫，钻在树中，很干净，用滚油炸过，更是什么细菌都杀光，但说像芝士般香，也未必。

到了澳洲拍电视美食节目时，悉尼有家土著餐厅，也有植物虫卖。我认为这是澳洲特色之一，土著吃了数千年，为什么我们不能吃呢？可惜遇到了一个观光局的，认为吃虫有辱国体，坚持要把那个镜头剪掉，结果在澳洲吃来吃去，只有平凡的牛扒了。

吃生蝎子可能被叮一口，中毒身亡，炸过了就没事。对吃虫的恐惧，都是思想受了污染之后的事。试想一个婴儿，给他吃虫，他就吃了嘛，有什么好怕的？我们吃虫，要抱着儿童的心态。

猪头粽

　　"猪头粽"是潮州独有的送酒小吃。名叫粽，当中不含半粒米饭，也不包成三角形或长方形，基本上与粽无关。

　　制作猪头粽，必须选用新鲜的猪头，连肉带皮，切成块状，至于肥瘦比率如何，每家人各有配方。接着加鱼露、酱油、高粱酒、川椒，以及八角、丁香、桂皮、大小茴香等十多种香料，熬熟后置于一个特制的木盒中，上面放大石压住，挤出猪油，不剩半点水分，坚固之后就能做成。

　　因为中间一点空气也没有，又无水分让细菌滋生，这一块猪头粽即使没有冰箱，也能存放很久，是古人的智慧。

　　制成的猪头粽大小各有不同，最常见的有如一本袋装书。整块都是棕色的，当中带白，是猪耳的软骨，看起来很硬，但一切成薄片，吃进口，柔软而富有弹性，咬下去满口肉香，略带甜味，口感或介乎冻肉及肉干之间。细嚼之下，除了肉香，又有酒香、油香，以及香料的各种独特的味道同时溢出，非亲身品尝，不知其妙。

　　到了国外，也可以看到异曲同工的制法，个头甚大，像一个大屿山面包，吃起来有猪头肉、猪舌的味道，但口感太软，也有点异味，一般人需要很大的勇气才能接受。

　　当今猪头肉在香港罕见，到了"创发"还能偶尔找到，想吃的话，最好托人从乡下买来。它像火腿耐存，香料又有杀菌功力，可放心食之。

　　最好的牌子是"老山合"，售价并不贵，像书本一样大的，约四十港元，当今该公司又推出有如香口胶大小的，一斤约有二十片，卖八十块，到潮汕一游时顺道买来，是最佳手信。

粿汁

已经在香港完全绝迹的，是潮州人最爱吃的早餐之一：粿汁。

粿汁用的粿，是像肠粉一样蒸出一片片的米浆，制成后切成长方三角再煮。而汁，则是卤完猪和内脏之后剩下的汤。

先将粿舀入碗中，再添汁，就是一碗粿汁。上面蘸上用猪油、葱蒜碎炸成的，叫为"葱珠膀"的东西，成为最基本的粿汁。

穷人就那么吃，多花一点钱，小贩就从卤水锅中拿出猪头肉、猪肠、粉肠等配料，另有卤水蛋。这锅东西卤得香喷喷，是小贩的最佳招牌，味道把客人吸引了过来。

再精细一点，卤水物还有猪皮、猪舌、猪肚、咸酸菜。另一小锅，滚着所谓的"菜凸尾"，那是把季节性的蔬菜熟得烂熟的，用来中和肉类的油腻，十分配衬，和油条一块儿吃亦佳。

香港吃不到，去到新加坡的熟食中心，尚有人卖，但总觉得味道已变。

味道接近一点的，要到曼谷的街头巷尾吃了，那边的华侨还是顽固地守着古早味，不像新加坡的偷工减料。

用的都是已经晒干的粿，不是现蒸现做。据说这种已经晒干的，吃了有火气，不宜多食，我没有深入研究，不知道理何在。

回到汕头或府城，早上当然通街都有得吃，我不明白为什么香港的潮州人不肯做。有一个时期我想吃得厉害，"澄海老四"曾经在老店里为我特制，但少有人光顾，也就不再继续做了。

怀念这种小吃，回到新加坡，就算明明知道不正宗，也来一碗粿汁，是宿醉的恩物。

土炮

到各地旅行，最爱喝的是当地的土炮，最原汁原味，与食物配合得最佳。

在韩国，非喝他们的马可里（Makkari）不可，那是一种稠酒般的饮料，酒糟味很重，不停地发酵，愈发酵愈酸，酒精的含量也愈多。

当年韩国贫穷，不许国民每天吃白饭，一定要混上些小麦或高粱等杂粮。马可里也不用纯米酿，颜色像咖啡加奶，很恐怖，但也非常可口，和烤肉一块吃喝，天衣无缝。

后来在日本的韩国街中，喝到纯白米酿的马可里，才知道它无比香醇，买了一些八公斤一大瓶的回家。坐在电车上，摇摇晃晃的，还在发酵的酒中气泡膨胀了，忽然"啪"的一声，瓶塞飞出，酒洒得整车，记忆犹新。

当今这种土炮已变成了时尚，当今韩国各餐厅都有出售，可惜的是放了防腐剂，停止发酵，就没那么好喝了。去到乡下，还可以喝到刚酿好的，酸酸甜甜，很容易入喉，一下子就醉了。

意大利土炮叫Grappa，我翻译成可乐葩。用葡萄皮和枝酿制，蒸馏了又蒸馏，酒精度数高，本来是用作饭后酒，但餐前灌它一两杯，那顿饭一定吃得兴高采烈，而且胃口大开。才明白意大利人为什么把那一大碟意粉当为前菜。

南斯拉夫人的土炮叫Slivovitz，用杏子做的，也是提炼又提炼，致命地强烈，他们不是一杯杯算，而是一英尺一英尺算，用小玻璃瓶装着，排成一英尺。南斯拉夫食物粗糙，喝到半英尺，什么难吃的都能吞下。

土耳其的Raki和希腊的Ouzo，都是强烈的茴香味浓烈酒，和法国乡下人喝的Ricard以及Pernod都属同一派的，只有这种土炮不与食物配合，当成消化剂喝，它勾了水之后颜色像滴露，喝了味道也像滴露。

天下最厉害的土炮，应该是法国的Absente，颜色碧绿得有点像毒药，喝了产生幻觉，凡·高名画《星月夜》就是他喝过这个酒后画出来的，当今也有出售，可惜已不迷幻了。

雪糕吾爱

一般而言，甜的东西吸引不了我，就算是巧克力，也浅尝而已，但一说到雪糕，就不可抗拒了。

小时吃的，是一小贩推着脚踏车卖的。车后架上装着一圆桶，小贩停下车子，用一个铁舀往里面挖。探头一看，圆桶壁上有一圈似霜雪的东西，就是最原始的雪糕了。

其实当时的，甚为粗糙，像冰多过像糕，但没有吃过其他的，也感到十分美味。

生活质量提高，开始有真正的一块块的雪糕砖，小贩切一块下来，夹着西方松饼，就那么吃。有时，还会以薄面包代替，这是亚洲人独特的吃法。

大公司把小贩打倒，冰室里卖起"木兰花"（Magnolia）牌子的雪糕，总公司好像来自菲律宾，至今该地还以此牌子的商品见称。当今的质量当然比从前高得多，但是不能和美国大机构的比。

后来，大家都去吃 Dreyer's（醉尔斯），认为它是世上最好，但坏就坏在这个名字，太像美国人的。于是认为还是欧洲的好，欧洲人比美国人懂得吃嘛，便出现了 Häagen-dazs（哈根达斯）。

其实这个名字原先是取来针对 Dreyer's，产品也是美国人做的，但名字要有多怪就有多怪，欧洲姓氏中根本没有这些字，尤其是那两个"a"，第一个上面还有两点。

这一来，众人以为 Häagen-dazs 最为高级，如果肯研究一下，Häagen-dazs 也是出自 Dreyer's 厂，而这两个牌子，皆给更大的跨国瑞士机构"雀巢"买去股份，当今只是挂一个名字而已。

雀巢自己也出雪糕，就连在欧洲流行的 Movenpick（莫凡彼），也是被雀巢拥有。

还是说回雪糕的味道吧。如果有选择，我还是爱吃软雪糕。到日本旅行，车子在休息站一停下，我一定出去买来吃。那种细腻如丝，又充满牛奶香味的软雪糕，是天仙的甜品，没有一种雪糕可以和它比较。

口味当然也有变化，看季节。正是吃水蜜桃的时节，有水蜜桃软雪糕，葡萄、蜜瓜和其他的水果上市时也是如此，但都不如香草的好吃。所有牛奶雪糕都加了香草，有些高质量的，还用真正的香草豆荚，刮出种子，取其原味。

一般的都是人工味的香草，其实，当今的水果味皆如此，还是吃绿茶软雪糕可靠。

也不可被日本人骗去。做软雪糕需用一个机器，愈大愈精细。看见小型的雪糕器，就别去碰了。这种软雪糕是用一个硬雪糕扮的，放入机器中压出来，口感大劣。

如果没有软雪糕吃，那么只有接受硬雪糕了。说到硬，是真的硬，冻久了硬到像石头一样。每次乘飞机，飞机餐不要，只向空姐要一杯雪糕，拿来的皆为石头。

我的解决方法是要一杯热红茶、两个茶包，茶浸浓后，用来浇在雪糕上面，一融，吃一点，再融，再吃。

有一次到了温泉旅馆，泡温泉后全身滚热，买来的雪糕还是那么硬。见房间里有一个蒸炉，就拿雪糕去蒸。活到老，吃到老，蒸雪糕还是第一次。

Häagen-dazs 到处设厂，有时也把版权租给当地商家，可以自行出不同口味的雪糕，但要得到原厂批准。日本出了一种红豆的，非常美味，不过有一种叫 Rich Milks（超浓牛奶味），牛奶味的确其浓无比，是该牌子最佳产品，各位去了日本不可错过。

另一种好吃的叫 Pino（品诺），各样口味的雪糕馅，包上一层巧克力，成粒状。小的每盒六粒，大的三十二粒，保你吃完还觉得不够。

除了这些大牌子，私家制的雪糕千变万化，日本人做的有薰衣草雪糕，吃了觉得味道像肥皂。也有墨鱼汁雪糕、酱油味雪糕、茄子味雪糕、西红柿味雪糕、鸡翅味雪糕、汉堡味雪糕。"天保山雪糕博览会"内，有一百种以上的口味。

还是限量产的雪糕好吃，每地不同，口味各异，吃完了美国雪糕就会追求意大利雪糕。和意大利人一说到 ice cream（冰激凌），他们问："什么叫 ice cream？我们只知道 gelato（意大利式冰激凌）。"其实，讲来讲去，也不过是雪糕。

意大利雪糕很黏，但土耳其雪糕更黏，是用一根大铁棍去"炒"的，但集各国雪糕大成的是南美诸国，像波多黎各，雪糕简直是他们人民的命根，不可一日无此君。

尝试过自制雪糕。当今的私家制造器还是十分原始，要冻在冰格中半天才能用，制造过程也十分复杂，洗濯起来更加麻烦，还是去超市买一加仑大盒的回来吃方便。

从前的雪糕盒斤两足够，大老板雀巢认为成本可省则省，当今的雪糕盒虽然看起来和旧的一样，但是已缩小了许多，只是让消费者觉察不到而已。

雀巢产品也有好吃的，其中的 Crunch（甘脆巧克力）也是裹层巧克力的，我可以一吃一大盒，数十粒。在日本吃软雪糕，一天数个，一次在北海道，还吃了一个珍宝型的，七种味道齐全，全部吞进肚中。

"你要吃到多少为止？"常有朋友看到我狂吞雪糕便问我。

我总是笑着回答："吃到拉肚子为止。"

秘方

返回香港，走过南货店，见有原汁原味的臭豆腐出售。有一次买回家自己炸，整间屋的臭气，十天不清，还是作罢。

大豆真是美妙的植物，一见平平无奇，但含有大量的蛋白质、脂肪、糖、维生素 B_1 和 B_2、矿物质等，还可以降胆固醇。

地球纬度差个两度，种出来的大豆种类就不同，世上有数不清的大豆种类。有人说大豆是穷人的牛肉，我认为比牛肉还更好吃呢。

九月左右的新鲜大豆叫枝豆，就那么连壳煮了，撒点盐，用来下酒，是友人对酌的宝贝。

到了十月中旬，田中的豆荚颜色已转褐，摇起来咚咚有声时还不够成熟，但果实颜色金黄，极美。收获期应该在十一月初，豆子没那么好看。

买十月的大豆，冷水浸了一晚，第二天早上就可以放入搅拌机中打磨，当然要加点水。贪心的人水兑得太多，挤出来的豆浆就稀了。

我的做法是用大量的豆，水放得越少越好，搅碎后用一片薄布隔，挤出浓厚的汁，再煮沸它，就是一杯理想的豆浆。到时如果煮得太厚太浓，才加水也不迟。不明白为什么有人自制豆浆时，总觉得不够浓。

要令人觉得你做的豆浆与众不同，还有一种讨巧的做法，那就是用浓厚的北海道鲜奶来兑。大家喝完后，一定向你讨教制豆浆的秘方，你可以微笑不答。

剩下的豆渣，拿去炒来吃，也是一碟很美味的菜。

朋友试了，扬起一边眉头问："是怎么炒才炒出这个味道？"

其实很简单，把猪油渣也搅拌了，颜色和豆渣一样，混起来，谁也看不出。这时把刚炸好的猪油用大量的红葱片和大蒜蓉爆香，才下锅。用猛火，炒个十几秒，加鱼露，即成。

第五章

老得快

乐一点

年轻VS年老

每一个人只能年轻一次，大家都歌颂青春的无价；青春小鸟一样不回来！啦啦啦啦！啊！千万别浪费它！

但是每个人也只能中年一次，老一次。人生每一个阶段都珍贵，何必妄自菲薄呢？

遇到老者，像躲麻风病人一般逃避的年轻人，哈哈，不必去骂他们，终有一天他们自己也会变麻风的。

老实说，我并不喜欢年轻时的我，我觉得我当年不够充实，鉴赏力不足，自大无知，缺点数之不尽。看以前的照片，只对自己高瘦的身材有点怀念，还有剩下的那点愤世嫉俗的忧郁。

不，不，我忘了，尚有一个好处，那就是用不完的精力。

现在，和女子在一起的过程如吃西餐，有冷热头盘、汤、主菜、沙律和甜品、饭前酒、餐中酒、事后的白兰地等，比较起来，年轻时只是麦当劳的汉堡包一个，可怜得很。

衣着方面，当年的色调只肯取白、灰、蓝和黑，除此之外，一切免谈。不知何时开始，对鲜红有了认识。同时也知道了丝绸贴身的感觉，更爱麻和棉对肌肤的摩擦。穿牛仔裤的人，岂能了解。

年纪大了，如果能穿一整套棕色西装，衬着同颜色跑车，在繁华的大道中下车散步，背后有夕阳，那当然最好。要不然，只要穿得干干净净、整整齐齐，也比衣着随便的年轻人好看。

不过，现实问题，有一些钱是更好的。

年轻女子崇拜上年纪的男人有几点：

因为他们有父亲的形态，和有一些钱；

因为他们是一个有经验的爱人，和有一些钱；

因为他们不会要求你和他有一大群儿女，和有一些钱；

因为他们办事有极大的威信，和有一些钱；

因为他们有生活的情趣，和有一些钱；

因为他们懂得艺术，和有一些钱。

青年男子，即使有钱，亦无上述的条件，所以只能找找小明星当什么公子。

从前年轻的时候，一桌子十二个人，我一坐下来，是我最小，但是现在同样一桌子十二个人，我坐下来，是我最大。从前和现在，不过像是昨天和今日，快得很，也没什么大不了的。不过很奇怪，当我是最年轻的时候，我已经想到有一天我是最老的，我好像一早就有了心理准备，所以一点也不感到惊奇。

老花眼镜，我在三十岁那年已经戴了。当时看书一直感到吃力，到东京公干，朋友介绍我去找一个最出名的眼医。他检查了一下，就断定是远视，给我一张账单，是个天文数字。我抗议，那眼医笑笑："这叫作聪明老花镜呀！"

结果付钱后舒舒服服地走出来。

这个故事中又悟出一个哲理：要老，也得老得聪明一点；要老，就老得快乐一点，被骗也不要紧的。

快乐的定义每一个人都不同，有些只要半个老婆就满足，但是要很多钱；有些人三餐吃公仔面就够，但是要很多钱；有些人只要去去卡拉OK，但是要很多钱。

刚才说过，有一些钱是更好，不过有钱要懂得怎么去花才是快乐，不然只是银行簿上多一个零和少一个零的问题罢了。

年轻人多数不懂得花钱，因为他们连经济基础也没打稳。上年纪的人也多数不懂得花钱，因为他们怕病了，怕更老，钱不够花。

花钱是中年人、老年人第一个要学的课程，可以先从送东西开始。

送礼物的快乐不单是在得到礼物的人；送东西的时候的快感，不单是用金钱来衡量，而是要花心思，要算得准时间，要送得狠。

送礼物最高的境界不在于一样样的东西，而是送一个毕生都忘不了的经验，就算这个经验是一年、一天或几个小时。

年轻人最多只是送送花和巧克力，那是最低的手段，偶尔他们也能送一个身家，爱上一个坏女人，什么都奉献。年纪大一点，当然不会做火山孝子。

最佳礼物是承诺。有经验的人骗起人来会令对方很舒服，那么骗骗人有什么不好？

技巧在于诚恳的态度，年轻人做不到，因为他们会脸红，上了年纪，脸皮较厚是件当然的事，因为他们失败得多了。到后来连自己也骗了，就把在年轻时候的种种不愉快的经验变为美好，成为事实，等于他们的人生经验了。最后，他们还能把这些经验写成文字，骗骗读者，读者高兴，他们自己赚稿费，何乐不为？

年轻人说：你们老了。

不，不，不，不，我们不会变得更老，我们只会变得更好。

学老兰

新居的楼下，长几株白兰，足有四层楼高，比我在天台种的那三株，大百倍。

经过时不仔细看，不知道是白兰，因为它只剩下叶子，看不到花，但却有一股幽香，从何处来？

大概是长成的过程中，起的变化。低处生花，顽童一定来干扰；全树开遍，则会吸引小贩前来采折。

白兰树的花，只让站在高处的人看见。

花生顶上，像长者的白发。

树干之大，根部之强，占路边一席。

这棵白兰已不能连根拔起，移植他乡。

时代的进步，道路扩宽的话，只可将它砍伐。

不然，老兰站在一旁，静观一切的变化。但愿人老了，像这一棵白兰。

老，必须老得庄严。

老，一定要老得干净。

老，要老得清香。

是否名牌已不重要，但要天天洗濯烫直。衣着是对别人的一种尊重，也是对自己的尊重。

皱纹是种自傲，但胡须应该刮净，做一个美髯公亦可。每天的整理，更花费工夫。

修指甲，剪鼻毛，头皮是大忌。

最主要的，还是要像白兰那么香。

香不只是一种嗅觉，香代表不俗气。

切莫笑人老，自有报应。

人生必经之路，迟早到来。等它来临时，不如做好准备，享受它的宁静。

他人言论，已渐觉浅薄无聊，自己更不能老提当年勇，老故事亦不可重复。

最好是默然把趣事记下，琴棋书画任选一种当嗜好，积极钻研，成为专家。不然养鱼种花，不管它们的出处，亦是乐事。

人总得向自然学习，最好临终之前，发出花香。

年轻时做过的事

从大阪返回香港的飞机上，看了一部电影，片名已错过，看到是大卫·林奇导演的，即刻留意。

故事描述一个七十多岁的乡下老头儿决意穿州越岭去看他的弟弟。平平凡凡，扎扎实实，和一般的怪异林奇作品完全不同。

一开始就形容老头儿双脚不灵，眼睛有毛病，跌在地上不能动弹。

老头儿觉得时日无多，决心上路，但他的驾驶执照因眼疾早被吊销，他只有坐着电动割草机，拖了一辆手卷的铁棚出发。全镇的人都以为他疯了。

路上，他遇到了一个离家出走的少女，用智慧的语言劝她回家。

车子烂了，遇到好心人为他换了一辆二手的。再坏，找人修理，被敲竹杠，他一一杀价。这个老人一点也不蠢。

有人问他："你单身出门，不怕坏人？"

老头儿回答："第二次世界大战时，我在战壕中度过，有什么比这更危险的呢？"

又遇到一位老头儿，互相道出战争的可怕。老头儿安慰另一个老头儿，说自己当年是狙击手，把敌军一个个选出来杀死，最后还错杀了一名美军的哨兵。

几经风雨，数日后终于抵达弟弟所在的地方。同乡中人说好久不见他弟弟，不知死了没有。老头儿心急，开着车驶往弟弟家的那条小路，是最漫长的。

终于见到弟弟，他们两人年轻时因口角而分开。老头儿曾对别人说过："再不去道歉已来不及。"

见面后两个人坐在门外，大家一语不发。弟弟的眼光慢慢移动到那辆割草机和拖车，盯住。心中的激动表现无遗。这时他大哭起来，观众都哭了。

片中印象最深刻的一段对白，是老头儿遇到一脚踏车队，和选手们夜里共宿时，他们不礼貌地问："人老了，最坏的是什么事？"

老头儿安静地回答："是想起年轻时做过的事。"

做人

"要怎样才叫做人？"小朋友经常问我，"我在街上看到眼光呆滞、穿得肮脏的老人。我不想老了，和他们一样。"

"做人是一种很高深的学问。"我说，"不过不要想得太复杂，由最简单的道理做起。"

"什么是简单的道理？"

"就是要活得快乐，今天比昨天好，明天又比今天更好。"我说。

"那需要很多钱才做得到。"小朋友说。

"钱虽然重要，但是和生活的质量无关。"我说，"有很多富商，并不懂得生活。"

"什么叫不懂得生活？"小朋友问，"有了钱，要吃什么有什么，要去哪儿就去哪儿。"

"不懂得生活就是说他们忙碌了一生，没有时间享受生活的情趣。怕死怕得要命，吃东西时这种不敢吃，那种以为一吃就会生病。"

"没有钱怎么去找快乐？"

"种种花、养养鱼，不需要几个钱。"我说，"要玩的东西，实在太多。不过这是努力得来的。"

"为生活奔波，吃都吃不饱，失业的人通街都是，还去种花养鱼呢。"小朋友不满。

"所以说要趁早培养多种爱好，音乐也好，时装也好。除了自己的职业之外，努力学习其他东西，如果本行行不通，就可以转变方向，做别的去。"

"没有钱，做什么都不行。"小朋友不服，"你说的一天比一天活得快乐，不容易。"

"一天比一天活得快乐，是质量的问题，要求质量一天比一天高，那自己就得往这个方向走。质量提高了，对任何事都感到好奇，眼光就灵活起来。质量提高了，就会爱干净，白衬衫天天洗，老了就有尊严。"

小朋友似懂非懂。其实愈早知道这个道理愈好，我想。

原谅

我们年轻的时候，疾恶如仇。

这当然是青年人最大的好处，他们天真，不受世俗污染，喜欢就喜欢，讨厌就讨厌，没有中间路线。年纪渐大，好与坏模糊了许多，这也不是短处，只是人生另一个阶段。

出了社会，同事间有一些看不顺眼的，即刻非置对方于死地不可。有的讲你几句，马上想诛他家九族。年轻人有的是花不尽的爱与恨，很可惜的是恨比爱多。

年纪大的人，一切已经经历过，他们抓住年轻人的弱点，加以利用，先甜言蜜语把他们骗个高高兴兴，再加几句赞美使他们飘飘然，把他们肚中的东西完全挖出来，用它们当成利刃，一刀刀往背后插进去。年轻人毫无挡驾余地，死了还不知是谁害的。

别骂人老奸巨猾，因为你也有老的一天。奸与不奸，那是角度的问题。自己老了，就认为自己不奸了。就算不奸，在年轻人眼中，你还是奸的。

　　洋人常说做人要像红酒，愈老愈醇。道理简单，做起来不易。

　　年轻人逐渐变成中年人，又踏入老年，疾恶如仇的特点慢慢冲淡，但也变不成好酒。有些人总是以为世上的人都欠他们的，所以变成了醋。

　　老的好处是学习到了什么叫宽容。自己曾经错过，就能原谅别人，但有些人偏偏认为自己永远是对的，不断地对别人加以评判，要对方永不超生。他们知道恨别人，也是痛苦事。

　　交友之道，在于原谅对方。记那么多仇干什么？想到他们的好处，好过记他们的污点，这是"阿妈是女人"的道理，大家都知道，就是做不到。能原谅人，是天生的，由遗传基因决定，无法改变。我能原谅人，是父母赐给我的福分，很感谢他们。

老

生老病死是人生必然的过程，"病"是最多人讨论的；"生"理所当然，没什么好谈；"死"是中国人最忌讳的，从前不敢去提到它。今天要聊的是"老"。

得从时间角度去看，我们十几岁时，觉得三十岁的人已经很老。到自己是三十岁的阶段，就说六十方老。古来稀了，还自圆其说："人老心不老。"

我们对渐进式的改变从没感觉，一下子就从儿童到了中年到了晚年。讥笑别人老，自己也一定遭报应。丰子恺先生在三十多岁时已写了一篇叫《渐》的文章，分析这种缓慢的变化过程，可读性极高。

为什么我们对"老"有那么大的恐惧呢？皆因那些孤苦伶仃、行动不便的人给了我们印象，以为大家老了，就会变成那个样子。

你不想老吗？商人即刻有生意可做，什么防皱膏、抗老药在市面上一大堆，还有我们的整容医生呢。但是，一切枉然，老还是要老。

应该怎么老呢？我觉得老要老得有尊严，老要老得干干净净。

不管你有钱没钱，一件衬衫总得洗净烫直。做得到的话，怎么老都可以接受，不一定要穿什么名牌。

如果不会，旅行时就要向他人学习了。当然也有衣衫褴褛的例子，但是不少人注重外表。像在巴黎香榭丽舍，到了秋天，路上两排巨木的叶子变黄，一辆小雪铁龙轿车停下，是深绿色，走下一对穿咖啡色毛衣的老夫妇，在街中散步。一切金黄，和落日统一起来，多么美妙！

香港人有必要学老，因为他们是全世界最长寿的人之一，男人平均年龄七十九、八十岁，女人八十六七岁，皆列世界第二位。

如何学老呢？从年轻开始，就要不断学习，别无他途。学识丰富了，任何一种专长都可以用来做生财工具，我们就可以不怕穷，不怕老了。

年轻人，别再打电子游戏和听无聊的流行音乐了。不然，你就会变成你想象中老了的样子。

守和忍

步入老年，周围的人死得多，若非老友，尽量不去殡仪馆。

医院也不用去了，走廊中，电梯里，垂死病人挤得满满。

婚礼犹属纠缠事，食物一定非常恶劣，场面虽然热闹，心中却孤寂。

应酬可免则免，山珍野味摆在眼前，美酒饮尽，不如家中白饭一碗。

四种交际，比较起来，吃喜酒还是最受不了。六时入席，主人热情招呼，转过头来，见高官上司，对你就是不加理睬。

肚子一饿，已懂得不必客气，来碗水饺充饥。有打麻将的，也参加一份，但只限台湾牌。广东麻将最不公平，别人出铳，也要付钱。

好歹等至九时，以为有东西吃了，岂知新娘新郎互送高帽。肉麻当有趣，你听了喜欢，此厢作呕。

讲完了就没事？不会那么便宜放过你，还要播放卡拉OK，开始高歌。

杀鸡那般哀鸣，还抓着麦克风不放，广东人有一句话，骂他们为"舐麦怪"。新郎唱完，新娘又唱，再来一曲《合家欢》。

最忍受不了的是来个酸书生家长，把女儿在外国留学时的来信念完一封又一封。做新娘的，也来首没有平仄、不做押韵的词句，做新诗诗人状，朗诵出来。

最初送现金，从五百至八百，后来钱愈加不算钱，变为一千两千了。虽视钱财为粪土，也觉心痛。

后来，学乖了。好歹练了一手书法，就写几个字奉送，心理才得到平衡。

写些什么？"百年好合"最方便，"白头偕老"有个"老"字，不太吉利。送到装裱店里，又得花数百一千，更不合算。

前几天到上海，看到有裱好的空白红对联，才数十元，买了几对。今后凡遇婚嫁，送上打油诗，对曰：

诺言一句守千岁，婚纸半张忍终生。

大堂所见

在外办事，有时不一定住得到五星酒店，反正人家招呼的已是当地最好的了，还有什么抱怨的？

床太硬，枕头太软，房间奇冷，多少条被子都不够，起身写稿，灯光太暗，只有把写作环境搬到酒店大堂。

夜已深，来开房的男女，一对对走进来，也颇有趣。

到底是怎么样的男人，能够把女伴骗来这儿？观察之余，发现有一个共同点，他们都长得肥，但是口才极佳，纠缠不清，女人都被这种男人征服。

想到这，拍拍胸口。好在没生一个女儿，不然养了二三十年，白白送给这种讨厌的人，实在不值。

真是天有眼，大堂经理代我报复，对那个男的诸多刁难：身份证上的照片怎么不像你？此类问题多多，那个男的拼命点头赔笑。男人要达到目的，什么可耻的事都能忍受。

看那些女的，有的神志清醒，绝对不是被骗到，是自己跟来。唉。

女人之中也有丑的，两人看来也登对，白头偕老，毫无问题。

但一见美女，心中怄气，她们喝得有点醉，是不是被那丑男下了药？要不要代她报警？"不，不，不，我还是回家去！"那个女的那么说，代她放心。"不，不，不，上房去吧！"那个男的到了这种紧要关头，岂肯放弃？唉，完了，完了，美女还是跟丑男踏入电梯。

把空白稿纸收拾，回房去，看见镜中那个丑男，原来自己也年轻过。

经典

什么叫经典，简单来说，就是不会被淘汰的，叫为经典。

网友问我看中文小说由哪些书读起，我笑着回答："经典呀！什么书才称得上经典？《三国演义》《水浒传》《西游记》《红楼梦》《聊斋志异》，等等，都是经典。如果想成为小说家的人，连这些书也没看过，别提梦想了。"

那么，金庸小说算不算经典？当然，世界各地的华人都看得入迷，不是经典是什么？内地还没开放时，读者还看手抄本呢。这也将一代又一代地相传下去，着实好看嘛。成为经典，唯一的条件就是好看、耐看，百读不厌，各个年代读之，皆有不同的收获。

音乐呢？贝多芬、莫扎特、柴可夫斯基等人，他们的交响乐，每一次听，都听得出另一种乐器的声音来。学音乐的人，不听这些大师的作品，如何超越？

书法呢？王羲之、颜真卿、米芾、黄庭坚、怀素等人的帖，是必读的，最佳典范，还是看书法百科全书，从篆、隶、行书、草书的变化学起。

学篆刻，更少不了研究最基本的汉印，再往上追溯到甲骨文、金文，后来的赵之谦、齐白石、吴让之以及数不完的大师印章，都得一一读之。

绘画方面，得从素描开始，再看古人画，中西并重，方有所成。有了这些经典当基础，才能走进抽象这条路去。

这些你都没有兴趣，要从事时装设计？那也得由古人服装学起，汉服、西装都得看熟，创意方起。看古希腊石像脚上穿的是哪种鞋子，不然你设计了老半天，原来几千年前已经有人想到，羞不羞？

建筑亦同，所以我宁愿入住古老的酒店，好过新的连锁店。每一家老酒店，都有风格，皆存有气派，为什么要住个个相同的房间？

食物更是经典的菜式好，人家做了那么多年菜谱，坏的已淘汰，存下来的一定让你满足。不知经典是何物，已拼命去融合，吃的是一堆饲料而已。

骂我老派好了，我还是爱经典。

教养

什么叫一个有教养的男人？

有礼貌，孝顺长辈，善待比他们年轻的人。守时，重诺言，衣着整齐——并不一定是名牌。外表保持干净，也是最重要的。那不是做给别人看，是对自己的一份尊重。

没有教养的男人，一眼望穿。

先从"尊容"看起，头发不梳，没有油分，干枯凌乱。

再下来的是头皮屑了，见到头皮屑，一开始就给别人一个坏印象。头皮屑多代表不洗头，不冲凉，掉在深色的西装肩膀上，更令人生畏。这些人一到游乐场所，被舞厅的荧光灯一照，白点斑斑，更是恐怖。

眉毛中有皮屑，耳朵上有油垢，也是致命伤。

还有最要命的鼻毛，长超孔外，或者露出一两根，女士们一见逃之夭夭。

留胡须的总是一副脏相。看不到意大利人的胡子吗？他们修得整整齐齐，是每天勤快下的功夫。从前鲁迅和孙中山留的，也天天剪呀！哪像当今的胡须佬。

接着是衬衫了，领口不能大过颈项太多，花纹衬衫加上一套花纹西装，也是禁忌。裤子下面穿白袜或花袜，也会把人家眼睛弄脏。当今的，还有人配上一双运动鞋。有教养的父母，是不会教子女那么穿的。

衣服之外，露出的那双手也能看得出来。尾指指甲留得长长的，一定用来挖耳、挖鼻，有什么比它更不卫生的？十指指甲都修得尖尖的，干什么？

中国人有句俗语，说一开口就闻到腥味，这些没有教养的家伙，粗言粗语已叫人敬而远之。

不说话，但吃东西时发出啧、啧、啧、啧。啊啊，那种噪音实在令人受不了，有哪个父母教你吃东西啧、啧、啧、啧，除非父母自己也啧、啧、啧、啧。

打喷嚏时不用手巾和面纸掩鼻，或者浓痰一口飞镖似的射出，这种人已不值得我们讨论。走起路来大摇大摆，头部不停晃动的，已一无可取。

常常一个"我"字，什么都是我、我、我。在大机构中办事，公司买了这个产业，卖了那个股票，说起来，从不讲我们，而是"我买的""我上了市"，以为都是他自己一个人的功劳，这种人，也无教养。

见到旁人不可一世，老板一出现，即刻变成一条狗讨好。这种人，也得避之。

眼神不正，不敢面对别人的鼠头鼠脑，已不是人。

又，什么叫一个有教养的女人呢？

条件应该和男人一样，但她们较难看穿。

一般香港女人已相当注重外表，不会乱穿衣服。而且，化妆品由几十块到几万块一瓶，照买不误。别的可省则省，只有这种东西不能省。

至于头发，很少自己洗的。一条街上开了好几家美容院，从来没见过有那么多间美容院的。

但细看"尊容"，有些女人，已经文眉。文眉女子，先看出一个"懒"字，她们以为文了眉，就不必花太多功夫去画了。

即使有了外表，香港女子做人的态度，总是让人觉得她们面目可憎。

永远对男人呼呼喝喝。职位略为一高，非表现她们的权力不可。

从来在她们的口中挤不出一个"请"字，接电话不会说"请等"。

没有教养的女人，常抬高头说话，说到一半，想不到怎么接下去，就以"啧"的一声终结，一直是啧、啧、啧。

教子女时先教势利。养出来的，都是狗眼看人低的孬种。

愈无教养，自卑感愈重。只有借助名牌手袋来表现自己，买不起真的，就去买赝品。

这种女人，注定老了成为孤独的人，结婚一定和丈夫吵架离开，嫁不出去的居多。

没教养的男女，身边皆是，对付方法，只有漠视。和他们讲话时，透过他们的身体，看他们背后的事物，话不能多过三两句，应即刻弹开。

通常，说人坏话时，总加一句："也有例外。"

对于这些没教养的，不必说有例外。他们没有例外。不用对他们客气，客气了也没用，他们没教养，听不出的。

疯了

有些人，对于钱，想不开就是想不开。

七老八十了，有一大堆的储蓄，说什么也不肯动用，每天过着对不起自己的生活。

钱是人家的，管他那么多干什么？朋友一直那么骂我。说得也是，一种米养百种人，大家的想法不同，才有趣。但见彼等斤斤计较，为一点小费而争吵，佛都有气。

一位移民到美国的友人，数十年前抵港，赤手空拳闯天下，有所成。至今老矣，家产逾亿，亦不懂得享受。好在到了中年，培养了爱好艺术的兴趣，又遇内地名家字画不值钱，大量收购，藏的都是精品。

"参加旅行团，游世界呀！"我说，"趁现在走得动。"

他横眼看我，像见到一个引诱他堕入深渊的魔鬼："哪来那么多钱？"

"把你收藏的任何一幅画卖掉，整个地球让你跑几圈也用不完。"我说。

"万万不可。"语气有如古人地拒绝了。

他有子女，家产也许要为他们留下，无话可说。但是又有一位刚刚丧妻的朋友，也收藏了很多字画，我劝他卖掉养个小的，他同样说万万不可，不过他膝下犹虚，无任何节省的理由。

"带进棺材吗？"没教养的人可能那么当面指责，这句不吉利的话我是说不出来。

其实，当成自己活到一百岁，把剩下的钱逐年计算用完，不行吗？字画，身外物也。而且那么多，少了一两幅根本无伤大雅，奖励自己一生辛辛苦苦，也是应该。

忽然，我伸手在他的秃头上打了一下。

"你打我干什么？"他大怒。

我连声道歉，说自己疯了。

拍

愈来愈不喜欢和人握手，不知是不是患上洁癖？尤其是对方手汗一多，握了即刻想冲进洗手间擦个干净，不然不舒服。

更讨厌的是谈话之中，对方不断伸手来拍我的肩膀、手臂或大腿。对这个动作，我认为是人权侵犯。当然，老朋友和美丽的女人，又巴不得他们这样做。

这是社会现象，人与人之间的隔阂太深，自己又太过孤寂，一有谈话机会，非接触对方一下，不然就无法证明自己的存在。

相熟了，互相拍拍，无可厚非，但第一次见面就要干这一回事，太过分了。

我现在已不太能忍受，所以学会用种种方法来逃避。像被人请客，我会带个助手前往，让助手坐在这个人身边，隔了一人，怎么样都不给他机会来拍我。

请吃饭时，五六个人，一定订一张十个人坐的桌子，自己坐在上菜的方位，让客人上座，对面，总拍不到吧？

但是这也避不开坐在身边的人，好在有上菜的空位，就把椅子移开远一点，让他的手不能接触到我。

有些人已养成了这种怪癖，你移开，他移近，所以要有一个十人桌，才够空间走避。

有一次去外地试吃东西，当地一位官员参加宴席，坐在我身边，拼命拍我。当晚老酒一喝多了，直接向他说："请你不要再拍，我不喜欢人家拍我！"

对方也停了手，但是下次见面，总有一丝尴尬，他和我都不好受。

不想伤害别人，改变策略。如果一桌坐得满满的，没有空位移开，对方又来拍时，我就站了起来，走远一点。众人一定用诧异的眼光看我，我假装拍拍肚子："吃得太饱，走动一下，才能消化！"

八米厘

　　和年轻人谈起八米厘菲林，已很少有人懂得是什么东西。

　　八米厘是菲林的一种，还没发明电子录像机时，我们用的
就是八米厘摄影机和八米厘菲林了。

　　拍完了拿去冲洗，店里会放进一个圆形的铁盒还给你。装
入一个放映机中，就能将影像重现在小银幕上。因为菲林的面
积很小，每一个方格画面像黄豆般大，所以没地方加上磁带，
发不出声音来。

　　放映八米厘时机器发出"轧轧"的声音，在黑暗和闪亮的
环境之中有种独特的神秘感。

　　但是八米厘的最大市场还是那群有闲阶级，他们已经飞到
全世界的各个角落，用摄影机把情景拍下，放映给友人观看。

　　最近，唯一生产这种菲林的柯达公司，宣布了Kodachrome
（柯达彩色胶片）停产，引起八米厘发烧友的严重抗议。

　　别以为有了电子录像机，八米厘那么落后的东西早已被淘
汰，这世界上有一群人还死守着这一门摄影艺术，组织了团

体，把每年五月八号命名为世界超级八米厘纪念日。他们多数是学生和地下电影工作者，专拍实验电影，认为 Kodachrome 的色调天下最美，不可取代。对他们来讲，宣布停产等于对颜色判了死刑。

八米厘的确有过它的光辉历史，刺杀肯尼迪的那段片子，也是用八米厘录下，但在当今这个电子产品的全盛时期，开八米厘冲印厂，养着一班技师，是件亏本生意。

"那种颜色又有什么了不起？"电子技师说，"你要什么颜色，我们都能用电子替你做出来！"

这话也没错，我们这群认识过八米厘的人，像参加老朋友的葬礼，只能惋惜。

第六章

什么都会，学无止境

对任何事都感到好奇，眼光就灵活起来。

同情

毛毛雨，路经天桥底，见老人打着伞，坐在梯阶上，双眼望前，动也不动。

在干什么？等人？静观？都不像。没事做，是一定的。

酒楼饮茶，进口处有一小丑，年轻人扮的，拿一个泵，给彩色气球打入一半的气，然后折成一粒粒小圆球，组合成一只米奇老鼠，送给小孩。欢天喜地。

"请来的，"酒楼伙计说，"一个小时七百，包气球。"

不是儿童不送。我走过去向他宣布："我是大小孩，也要一个。"

年轻人笑嘻嘻地点头。

"平时上不上班？"我问。

"在写字楼送信。"他回答。

"做气球公仔的技术，是谁教的？"

他摇头："没人教，到书店买一本书，看图识字学会。"

"真厉害。"我说。

他又摇头："不是什么高科技，失败了再学，不会学不到的。"

"一个月赚多少？"我问。

"写字楼里赚四千多。"他坦白地回答，"每个星期天跑两场。一场七百，一千四，乘四，五千六，加起来也有一万，够用了。"

"酒楼怎么知道？"我又问，"他们怎么会请你？"

"每一间表演给他们看，每一间都去问问，总可以问到一两家。"他说。

喜欢他，喜欢得要命。天下总分几种人，有的不肯进取，不肯学习，就那么过一生；有的肯博，出人头地。

天生的吧？遗传因子在作怪。有的坐在天桥下，有的绑气球。有因必有果，也不必歧视前者。寄予同情，足够矣。

表情

小朋友问我："我总不能填满那四百字的稿纸，不是太长，就是太短，怎么办？"

"这样吧。"我回答，"不如把那四百字分为四个部分，一个部分一百字。"

"你是不是开我的玩笑？"小朋友恼了。

"不，不，我是正经的。"我说，"文章结构，总有起、承、转、合，刚好是四段。"

"那不是太过刻板吗？"小朋友不服气。

"基本训练总是刻板，所有基础，没有一样是有趣的。等到你成熟时，就会起变化。"

"怎样的变化？"

"起、承、转、合。"我说，"可以变成合、转、承、起。或者任何一个秩序都行，只要言之有物。"

小朋友说："我明白了。如果将'转'放在最后，就变成了一个意外结局（surprise ending），等于你常说的棺材钉。"

“你真聪明，一点就会。”我赞许。

“那么每一段不必是一百字也行？”小朋友还想确定一下。

“那是打个比喻。”我说，“先解决你写得太长或太短的疑问。”

“但是有时还患这毛病呀！”小朋友说。

“那么，你宁愿写长一点。修改时，左删右删，文字更是简洁。”

“有时不知道要写些什么才好。”

“我也是一样呀。”我说，“所以要不停地观察人生，不断把主题储藏起来。”

“有了主题有时也写不出呀！”

“那么你先要坐下来，坐到你写得出为止。这也是一种基本功，最枯燥了。写呀写呀，神来之笔就会出现。”我说。

小朋友不太相信，露出像我开始写的时候，不太相信前辈所讲的表情，我笑了。

写招牌

写书法，是受父亲的影响。小时看他磨墨挥笔，佩服得不得了。家父的字，虽未达大师级，但也自成一格。

我字迹奇丑，至中年才下定决心，向冯康侯老师学写字和刻图章，但生性懒惰，没下过苦功，写出来的，只能算是见得人而已。

记得有人向父亲求字，问润笔若干？老人家不收，对方坚持，他只好说送几个鸡蛋就行。与他不同，我利欲熏心，有菜馆要写招牌，我狮子大开口，"盛惠"一字一万。说也奇怪，竟然有些生意，自己都不敢相信。

清晨不写稿时，便练字，写些东坡禅诗，或喜欢的唐人绝句。到了过年，也写些挥春（香港叫法，指春联、福字等），裱好了在小店"一乐也"卖，所得利润捐慈善机构。

至于友人，或街边小贩，那就分文不取。见菜市场有些摊子没招牌，也主动为他们写一个，好在对方不嫌弃，挂了出来。

　　凡遇烦恼，就写《心经》。事前必恭恭敬敬，坐了下来，一字一字抄之，写后有如云开见月，百花盛放，身心舒畅。

　　衙前塱道上有一肉贩，比较之下，发现此档之肉最为新鲜，经常光顾。日前又去买猪肉，遇档主吴先生，他说："你从前写的《心经》，我还挂在墙上。"

　　想起来了，当年我开始卖"暴暴茶"，没什么东西可以送给顾客，就写了一篇《心经》，制版后用仿古宣印刷，分赠予人。记得写漏了一字，还认为有缺点更好，没去修正，那已经是二十多年前的事了。

　　见此卖肉者，每天接触鲜血，但诵经之余，已是职业一份。甚有意思，可当成故事。

　　返家后又焚香沐浴，为吴居士手抄一篇，拿到画店裱好，亲自双手奉上。

　　对于书法，我也有些迷信：做过的电视节目，凡标题由查先生为我写的，必有高收视率。多年来计有《蔡澜叹世界》《蔡澜逛菜栏》《蔡澜叹名菜》等，七月初要做一个新的，又得去烦劳他老人家了。

电话

看到电视上言语教材的广告，有个咨询电话。想起一件未做完的事，即刻打去。

"喂——"对方一个拖得很长很长的"喂"声，很不耐烦似的，心中打了一个疙瘩。

"喂——"是个少女的声音，"有什么事？"

"我想找一些贵公司的资料，不知道可不可以和你们的主管谈一谈？"我客气地问。

"我们主管很忙，你有什么事问我好了。"对方死样怪气的。

"好。"我郑重其事地问道，"老舍先生曾经在贵公司录过一段英语的教材，我想询问一下，不知道还能找到吗？"

"老谢呀！"对方说，"谁是老谢？"

"不是老谢，是老舍。"我解释，"老舍先生是中国一位出名的作家。"

"中国人录的会比英国人标准吗？"对方尖叫了起来，"我们的课程，都是伦敦大学教授教的英语。"

有牛津，有剑桥，就是没听过有一所叫伦敦大学的。我知道我已经撞进了死巷，唯有换一个方法询问。

"你们有没有网址，让我找些资料呢？"

"我们没有网址。"对方斩钉截铁。

"那么大的一个国际机构，怎么会没网址？"

"你要学英语，就向英国人学！"对方语气像教小学生似的，"你要索取章程吗？你要买我们什么产品？"

一家公司的好坏，由他们请到的职员的素质而定。再说下去没有用，我把电话挂断。

面包店

侄儿的友人，其父开面包店，他本人留学法国，得大师傅指导，有很深的制作面包的基础，和几个同学合资开了间面包和蛋糕店。

生意不佳，愁眉苦脸，抱几盒作品上门讨教。我一向不爱吃这些东西，也乐意为他们一口口试之。

味道还过得去，但是牛角包、巧克力蛋糕、牛油饼似曾相识，外表和大小都不出奇。

"有没有主角？"我问。

"主角？"他扬起一边眉头，好像我这个做叔伯辈的人拍电影拍痴了。

"你一定要有一种很特别的产品，又便宜又好吃，才可以吸引到客人的呀。"我说。

他很聪明，即刻明白："用什么东西当主角呢？"

"像蛋挞之类的……"我还没说完，他已反问："但是已经流行过了。"

　　"我只是举个例子。现在卖得很好的是芝士蛋糕，将来会卷起浪潮的可能是绿茶、芥末、山葵的烧饼，一定要创新，但又不失原味。不去试，总得不到答案。"

　　他抓抓头："还有什么新主意呢？"

　　"你想不出来，可以先参考别人的。如果来一趟香港，我可以带你到各家面包店去，就可以得到一些灵感。"我说。

　　他听了开始兴奋，我接着说："要不然再去一下日本，看有排长龙的店铺就往里面钻。商品成功，一定有些道理。"

　　"日本那么远！"他感叹。

　　"那么就来香港好了，才三四个钟头的飞机，票子又便宜。"我苦口婆心。

　　"哦，"他说，"我考虑一下。"

　　那是半年前的事了，还没见他来找我，面包生意大概还是那样差下去。看看香港许多平凡的面包店，老板们也是坐在椅子上考虑的吧。

生意经

从前，认为"生意"这两个字，是肮脏的字眼。

现在自己做起生意来，觉得乐趣无穷，并不逊于艺术工作。其实做生意，也在不停地创作呀。

生意越做越好，就把这两个字慢慢分析。哎呀呀，这一分析可好，原来"生意"，是"生"的"意识"，多么灵活，多么巧妙！

别的地方，做生意不易；在香港，却是遍地的机会，等你去拾。

不熟不做，这句话只对一半。不熟不做，不是叫你除了老本行，什么事都别去尝试。真正的意思，应该是对一样东西做了深切的了解之后，才去做的。

所以，要做生意的话，一定先成为专家才行。

张君默夫妇对玉石研究极深，现在卖起古玉来，头头是道，生意兴隆。

古镇煌卖古董表和铅笔等，也做得有声有色。

这种高贵玩意儿，要看本钱才行呀，你说。

也不见得，举的例子都不是以本伤人的，而且属于半路出家。

不只是高档货，另一个朋友养金鱼，养久了当然分辨得出品种。这一只打那一只，把金鱼交配当乐趣，生出了一只新品种的小娃娃，也发了财。

"工字不出头"，利用余暇做做小生意，略为动动脑筋，先把它当成副业，再发展下去不迟。主要的是抓紧时机。而且生意不做白不做。一向主张机会像一个美女，你上前搭讪，成功率为百分之五十；你连打招呼都不敢，那只有痴痴地望着，成功率是零。

家庭主妇也可以做生意。朱牧先生的太太炮制辣椒酱的功夫一流，用的是干贝丝、泰国小辣椒、虾子、大蒜、火腿等材料。请教她做法如何，她总是笑盈盈的："你喜欢吃，做一罐给你好了，何必自己动手那么麻烦？"

有类似的辣椒酱流传于各个餐馆，称之为"XO辣椒酱"的，现在已让李锦记商品化，销路不错。

方任利莎烧得一手好菜，现在谁不认识她？做个广告，钱照收。

"湾仔码头"水饺的臧姑娘，白手起家，产品打入每一家超级市场。

这些都是我佩服的人物。

做生意的过程也有不间断的乐趣，还能认识许多有性格的人。

第一，你先要注册商标，那个律师长得高大英俊，简直是做电影明星的料。

第二，商标设计，那个半商人半艺术家的家伙，脾气臭得很，但是画出来的东西使你对他又爱又恨。

第三，把设计样板拿去拍照片分色，你会发现哪一家人的冲印技术最高。

第四，分好色的菲林交给制罐厂，有个固执的中年人对印刷的要求比你还高。

第五，说明书和传单，须要清雅又能解释内容，不然人家拿到手即刻扔掉，写这类文章的又是个可爱的人。

第六，宣传，你会接触到报纸、杂志、电台、电视的做推销的各位美女。

第七，出路，摆在什么地方卖呢？遇见的人更多了，条件一直谈下去，直到双方满意为止。

第八、第九、第十，种种说不完的阶段，走一步学一步，不尽的知识与智慧在等待你去完成。

开餐厅的友人也不少，成功的多数是先有创意，且做人家未做过的菜色招呼客人。

不过做餐馆会发生的是人际问题，大厨子不听起话来，苦头吃尽；服务员的流动性，也令人头痛。

只要亲力亲为，问题还是能一一解决的。"大佛口食坊"的陈汤美，自幼爱打鱼，理所当然地开起海鲜馆子。他能亲自下厨是信心的保证，而且他拼命地把新品种的海鲜做给客人吃，都是成功的因素。

当然失败的例子也不少，但是只要脚踏实地，小本经营，亏起本来，也不伤大雅，总比在股票上的损失来得轻、来得过瘾呀。

外国流行跳蚤市场，把自己做的东西、家中的旧货等，统统拿出来卖。可惜香港地皮太贵，兴不起来，但也逐渐有些类似的场地出现。

星期天没事做，利用空闲，摆个地摊做小生意，和客人闲聊几句，比打麻将还要充实。

赚到一点钱，买架货车改装，成为流动的商店，走到哪里卖到哪里，想想都高兴。

"你自己做起生意来，就把生意说成生的意识。"友人取笑我说，"那么'商'字一字呢？'无商不奸'你又作什么解释？"

我懒洋洋地回答："'商'，商量也。'无商不奸'？那也要和你商量过，才能奸诈你呀。"

原动力

返回香港前有几个小时剩余，跑到大阪驿的"高岛屋"百货公司走走，结果买了很多东西。

其中之一是一个桐树做的小木箱，盒上烙印着商品名 Phys。

打开一看，有五张空白的明信片，一个含有十二种不同颜色的颜料盒，另外有薄薄的塑料彩色板。最后有两支笔，一支是普通的黑色走珠水笔，另一支笔头为毛笔，笔管可装水，用微力一挤，水就会流出来。

干什么用的？原来是一盒画水彩画的旅行用具，简单轻便。桐木的质地很高贵，摸起来爱不释手，整套东西要卖三百多块港币，值得吗？

我们旅行，看到什么就用照相机拍下来好了，画什么？是的，尽管用傻瓜相机拍好了。拍多了，自己也变傻瓜。

旅行时，要是看到印象深刻的，把它画了下来，写几个字，贴张邮票寄给朋友，这又是多么风流优雅的事！

　　我不会画画！有人这么叫了出来。谁说的？你做小孩子的时候不也画过花呀、屋呀、洋娃娃的吗？就用这种心境去画好了！会用笔写字的人，就会画画；这和会走路的人，就会跳舞一样。问题是看你肯不肯学一学罢了。

　　先用那支水笔勾出线条（它不会脱色，不会与后来用的水彩混杂），比方说，看到远山，就用水彩笔点了绿色涂上去；前面是一池蓝色的水，然后十个露出水面的脚趾，这么一来，已经表现到你在泡温泉了。

　　俗气地想，现在有很多大机构主办明信片大赛，入围了奖金不菲。五千日元的成本可能变成五万或五十万的奖金。这种引诱，足够有原动力让你尝试一下了吧？

老实公司

年轻时，头发翘起来，用发油、发膏等令之服帖，后来才出现了mousse（定型摩丝）这种东西，喷出泡沫来，原料也是胶水。

试想用胶水黏住头发，有点恐怖。

所谓学问，就是问了就学到。有没有一种天然的东西来制服头发呢？老人家的答案是："用刨花呀！"

"刨花是什么东西？"

"一种楠木刨出来的薄片，浸在水里，几分钟后就变成胶状，抹头发上光润、服帖。"

竟然有这种好东西，即刻又问："去哪儿可以买得到？"

"上海街卖传统结婚礼服的铺子。"老人说。

试完之后觉得又有效果又刺激，但是不懂得控制分量，浸一大碗，用不完隔几日发出异味，只好弃之。

今天小朋友又提起头发翘起来，就带她去上海街找刨花。问了几家，已不售卖，最后一家说："走到天桥底下，左转，看到玉器市场，再往前，就是油麻地警署，过了街有间卖朱义盛的就有得卖。"

好歹找到了，店主莫先生和太太正在用午膳。问有没有刨花，莫太太拿了一片出来，长方形，似一块美金大小，说："送给你。"

道谢之后走出店口，看到"刨花油"三个大字，原来出售浸好的。没有包装好的商品，只是一瓶瓶的油，要多少卖多少，以一计算，玻璃瓶的字签写"老实公司"四个字。

"我老公的父亲为人老实。"她指着墙上的照片，"所以就叫老实公司，做了七十多年。"

"真是怀旧。"我说。

莫太太笑道："怀旧得惊人。"

刨花油用山茶花油来浸，效果更佳，不妨买"一"来玩玩。

下一代

　　电影圈中，我最尊敬的长辈是朱旭华先生，曾经在上海监制过多部片子。有幸和老人家在邵氏年代共事。当年他编的《香港影画》为最有分量的刊物，连西西和亦舒都来撰稿。

　　朱先生有子女多名，我较熟悉的是朱家鼎和朱家欣。哥哥到意大利学摄影，回香港后拍了几部电影，后转入动画，最后成为香港最大的计算机动画公司的老板。弟弟朱家鼎到美国学美术，回香港后成立广告公司，并与钟楚红结婚，作品商业之中兼艺术性，至今尚被广告界视为经典。

　　朱家欣娶了邵氏影星陈依龄，为陈家姐妹的大姐，生一子，名松青。

　　从小看松青长大，只用英文名字Jeremy叫他。他由母亲陪伴，到加拿大去念书。不知不觉，Jeremy已经二十七岁了。

　　我难得有空，偶尔到朱家打麻将，遇到Jeremy，和他没大没小地闲聊。

　　有空时，他会做些怪兽造型，不比专业人士差，也开过展览会。一向以为他会和祖父及父母一样，走向电影之路。近来得知他要做的第一份工作，竟然是补习老师。

补习些什么？得到的答案更令我惊奇：是数学。

这一说，依稀记得他手不离卷，看的只是有关数学的书。原来在大学期间，他遇到了一位数学奇才，是罗马尼亚人，而罗马尼亚以数学之精见称。这位老师不苟言笑，生活在数学之中，全家人亦如此，一吃过饭，最佳娱乐就是玩数字游戏。

得到老师的启蒙，Jeremy 的数学书愈看愈深，老师见孺子可教，私下特别为他授课。

学以致用，他希望灌输学生另类的数学概念和图解。我曾听他讲过一次理论课，也算懂得一二。

学无止境，他开课时，第一个报名。

未来

年轻人迷惘，用愤怒来遮掩他们的不安，是很正常的事。最美的，还带傲气："这个世界，是属于我的！"

当你活在尖顶上的时候，你就寂寞了、孤独了，怀了一点点的悲哀，这也是年轻人的本色。不过，当他们只知一味气死你、气死所有的人、气死自己的时候，你就会发现纯真的丧失。这个人，就变得讨厌。

医不好的，这是没有自信的表现。他们做的第一件事，是先买个墨镜戴一戴。

目光带着轻蔑和阴毒，他们的言论无理取闹，他们的行为非常低俗。这是怎么造成的？都是因为他们不肯上进、不肯努力、不肯吸取经验，本身极为平凡，被周围的人吹捧，没有胆量享受成就之故。

要成为一个永远的偶像，必须拥有纤细和敏感的个性。像詹姆斯·迪恩（James Dean），就是一个很好的例子。

詹姆斯·迪恩之所以与众不同，是他虽然愤怒，但非常脆弱。我们都爱他，想保护他。他绝对不是一个流氓，也非野孩子，更不会用伤害别人的眼光来看世界。

无时无刻，詹姆斯·迪恩都在充实着自己。他上"技法"学院，读康斯坦丁·斯坦尼斯拉夫斯基的理论，他学打鼓、摄影、雕塑，甚至于牛仔怎么打一个绳结捕牛，也是他工作中需要了解的过程。

在《巨人传》这部电影之中，他演的角色是个穷小子，爱他的阿姨遗留了一块小小的地皮给他。他欣喜若狂，一步步踏着这块土地，测量着它的面积——这都是农夫用的基本方法。詹姆斯·迪恩从细致的观察中吸取经验，用于演戏中。

当今大多数年轻人，都不具备有这些条件，像一个被宠坏又长不大的儿童。书又不读，更无气质可言。从他们没有皱纹的面孔，已看到了他们垂垂已老的未来，可怜得很。

图书在版编目（CIP）数据

总有欢喜 /（新加坡）蔡澜著 . -- 北京：光明日报
出版社 , 2023.3
　　ISBN 978-7-5194-6987-0

　　Ⅰ . ①总… Ⅱ . ①蔡… Ⅲ . ①散文集－新加坡－现代
Ⅳ . ① I339.65

中国版本图书馆 CIP 数据核字 (2022) 第 244175 号

著作权合同登记号　图字：01-2023-0658

总有欢喜
ZONG YOU HUANXI

著　　者：［新加坡］蔡澜			
责任编辑：谢　香　徐　蔚		责任校对：傅泉泽	
封面设计：别境 lab		责任印制：曹　净	
内文插图：李知弥			

出版发行：光明日报出版社
地　　址：北京市西城区永安路 106 号，100050
电　　话：010-63169890（咨询），010-63131930（邮购）
传　　真：010-63131930
网　　址：http://book.gmw.cn
E － mail：gmrbcbs@gmw.cn
法律顾问：北京兰台律师事务所龚柳方律师
印　　刷：天津鑫旭阳印刷有限公司
装　　订：天津鑫旭阳印刷有限公司
本书如有破损、缺页、装订错误，请与本社联系调换，电话：010-63131930

开　　本：146mm×210mm	印　　张：8.5	
字　　数：169 千字		
版　　次：2023 年 3 月第 1 版		
印　　次：2023 年 3 月第 1 次印刷		
书　　号：ISBN 978-7-5194-6987-0		
定　　价：49.80 元